U0684910

全椒古代典籍叢書

金和集 2

（清）金和 撰

政協全椒縣委員會 編
國家圖書館出版社

第二册目録

（清）金和 撰

來雲閣詩稿六卷（卷五—六）

清光緒十八年（1892）刻本

來雲閣詩卷五

上元金和亞匏

奇零集

余於丁卯夏由粵東之潮州航海東歸既過春申江行未至金陵遘疾幾殆至戊辰冬始以家屬旋里劫灰滿地衰病索居懷刺生毛閱四五年竟無投處癸酉之歲出門求食雖間有憐而收之者而舊時竿木飽老郎當大抵墨突未黔楚醴已徹十餘年中來往吳會九耕三儉靳免寒餓而已生起既盡詩懷亦孤而自與夫已氏文字搆衅以來既力持作詩之戒又以行李所至習見

時流壇坫尤不敢居知詩之名卽或結習未忘偶有所作要之變宮變徵絕無家法正如山中白雲止自怡悅未可贈人乃知窮而後工古人自有詩福大雅之林非余望也顧吾友丹陽束季符大令數數來問詩稾謂余詩他日必有知者兒輩亦以葺詩爲請余未忍峻拒因檢丁卯至乙酉諸詩雖甚寥寥猶彙寫之爲奇零集余已年垂七十其或天假之年蠶絲未盡此後亦不再編他集矣

還金陵口號

遠遊金粟海重入石頭城賸水殘山裏吾廬芳草橫故鄉翻

作客親舊幾歡迎未死屬天幸此來如再生

題陳月舟移花醒酒圖

此園盛時我買鄰頻來風月無主賓名花四圍蝶同夢小飲百杯龍未馴江水東來急鼙鼓劫火一炬成煙塵此園何幸萬分一拳山勺水存其眞主人今之補天手蒼生霖雨無其時入山且爲花請命意所不可酒下之餘年如我老尚在去家萬里歸稍遲愛花亦與君同癖多病獨吟止酒時

上湘鄉曾侯六十韻卽送移節畿輔

諸葛兵猶短汾陽學未聞公才邁前古時事値多紛太老生名世中興佐聖君鳳池標峻望麟閣樹奇勳昔在辛壬歲

初騰嶺嶠氛跳梁原疥癬流毒乃垓埏吾土宅爲窟斯民杌隉與窘負嵎狂眈眈蔽日黯翁翁豈不闔專寄其如絲屢棼登壇聲嚄唶借箸策紛紜戎政皆兒戲　天威少一軍十三年甚熾億萬姓如醺公本廬居起言訓　昃食廑義聲沸湘水壯志鑠衡雲獵獵露馳檄隆隆雷合發同心盟虎旅示掌數螺紋塵掃江之表星周斗所分上流淸漢滙東略指淮濆以次鐃歌聽都如幕府云建瓴從隼擊遊釜想魚瘥仲氏承家教金陵掩賊羣宵圍眠錡盾晨飽浙交穫囊富胸餘智方良手不皸陣圖雄背水戈影銳停嘌上將身包膽千夫齒齧齦蟣從重甲浣梟始老巢焚捷奏　皇居燕歡呼海甸麋弟兄

各鐘鼎部曲亦圭纏既厭天心亂還煩國手𢟍過江方駐馬
失路盡哀猨罪豁網三面賞鐲金百斤翦荊諏井里貸粟勸
耕耘幾輩賓歸雀多方市聚鼠舊城童拾芋新社叟移枌春
相排粱廡機燈會楚妘醉人冬有瑞行客夜無猜齊轂通梅
驛吳舲泛錦雯於時嚴禍首隨事息勞筋暇日噓寒谷諸生
集大昕談經圖馬帳問字贈羊裙鴻製勖劉賈鳩工羅典墳
俗皆敦翰墨器自判蕕薰凡此燼餘潤胥由盛德熏慈雲垂
藹藹甘雨沛雰雰慍得南風解光依愛日炘頻年費調護元
氣漸氤氳　帝命還　朝切人宜借寇殷定知元相度藉鎮
北方董功況資匡弼謨尤協佩閭待賡溫室樹廣植眾生芸

賤子材懸瓠閒身冷抱貧學書雖擬朔下第敢居賁一自南流粤長爲乞食員仄聞籌筆痒私矢執鞭欣竟曳龍門屨時沾燕寢芬槃才窺管樂醰理飫河汾色泯齊桓侈箴傳衛武勤斗山肅瞻仰葑菲感慇懃門外今攀柳車前孰獻芹南豐香永爇竈奏愧無文

題薛慰農山長百錢挂杖圖四首

十萬貫何用神仙半酒徒醉鄉千日可俗累一塵無所惜金陵市今無卓女壚江南春味薄渾不似西湖

西湖賢太守昔掃惡塵開嶽嶽推生佛槃槃仗大材誰驚春夢醒從此壯心灰曳杖公何早蒼生盼再來

仲子今詩伯當時幾酒星九天同化鶴一葉賸飄萍亂世嗟多病餘年愧獨醒何期爨餘火猶感踞瓠聽

公豈全忘世今之儒者宗相期二三子努力作眞龍風月開經帳煙霞狎酒傭他年遊五嶽我倘執鞭從

己巳九月蔡紫函琳刑部乞病歸里卒於清江舟次哭賦三首

舊交零落幾黃泉此信驚傳倍黯然早計歸期重九外何知死別十年前（前數日書來尚有一樽洗塵黃花未歇之語而余自咸豐十年在江陰送君入都後遂不復見今十年矣）萍絲家口惟三兩棘刺秋心每萬千自有人生難說處不關貧病與烽煙

北來賓雁路偏長一病渾無續命方自爲虀鹽傷德耀誰教香火絕中郎君伉儷篤甚婦杜孺人先君數月卒而君病乃劇杜孺人無所出太夫人屢欲爲君置遣而不果至是白頭雙柩弔者惻然斑留青瑣如春夢身過黃河是故鄉從此風流盡銷歇只應傳世在文章聞遺槀甚多太夫人尚慎藏之

著作有才成寂寞科名無力止嘷號窮魚幾輩逢風雨健鶴孤飛惜羽毛自古人文關世運只今天意厭吾曹白頭如此仍湖海不及先生一死高

子元來應秋試喜晤即贈四首

昔在西湖別難爲別後情十餘年世亂一萬里身輕頭白歸鄉井心交幾死生與君今夕見喜極淚還傾

難得干戈息南民福未央世皆敦古處天豈靳多祥乃自餘灰熱翻增庶草狂衆中成老物薄俗與誰商

時事方荆棘期爲有用身世甯容直道壯乃不如人歧路紛哀樂餘年各病貧壯心今漸冷老木幾時春

旣無聞達志底不入山深三徑無生計漁樵費酌斟寂寥身後事珍重歲寒心再見知何日相思一寄音

子元下第歸含山慰之

尚有名心在其如老去何文章强弩末時命逆帆多鹿鹿慨餘子隆隆躋上科靑雲誰主宰爲爾一悲歌

癸酉人日立春

人日春歸日驚心二十年（甲寅亦人日立春余時避亂全椒有詩）乾坤身僅在湖海鬢蕭然煮字有雙玉買山無一錢餘生未來事不敢問蒼天

出門示兩兒

名心灰冷宦情虛嶺海歸來感索居一事未成身巳老七年多病客常疏門前誰更來題鳳江上今仍去劣驢差幸束裝原草草隨身還是舊琴書

傷春心事與誰知衣狗雲情變幻時敢信登場非鮑老從來識曲要鍾期舉棋不定先欺敵說病雖眞又忌醫壯不如人衰更甚畫眉何處合時宜

冷面甯逢熱眼看此行何苦累豬肝身經湖海狂名重心切飢寒直道難春夢易醒惟涕淚家書頻寄祇平安兒曹努力從今日莫似餘生鋏屢彈

寄雲如

昨別無言強自支回頭事事費相思吟聲鬢影周旋久昔在家時兩不知

獨客無家慘不歡些些眠食稱心難中庭月落參橫後誰忍春寒擣藥丸

夜闌身似紫薇花絕憶麻姑癢處搔料得自籠紅袖看近來葱管又長些

相如渴病久難消一粟紅燈盡夜挑倦眼不堪人意冷爐煙
還是自家燒
騷人老去無邊幅蘿袂蓉襟半沓拖幾日無人管鍼線青衫
破落淚痕多
一點靈犀最有神年時春夢事都眞者回夢到東頭海看我
孤衾夢底人姬潮人底人潮言誰也
最怯春初夜雨零惺忪小膽泥人醒如今三尺梨花枕軋軋
雷車止獨聽
絮甲花鬟繡獨能一雙秋水恐難勝玉牀盡日低頭可不要
穿鍼到上燈

燕語鶯啼繞綠陰春風來去莫關心舊愁已是深如海再著新愁海更深

太貪風露砭肌寒多食瓜梨積胃酸牢記別時珍重語但身無恙我心安

月明夜夜上高樓江北江南各淚流詩卷我猶餘結習問卿何處最銷愁

讀諸院司判牘書尾

斯世民何罪諸公任代天醫能識眞病生殺豈無權如古之循吏其人即大賢高談心性者官好自多錢

生日寄遺還十二韻 實五月二十六日也是年甲戌余五十有六歲在通州

今日吾生日題詩寄兩兒別來多涕淚老去愧鬚眉家教承書史儒修志鼎彝中年丁浩劫歧路迫調飢言作諸侯客期詶國士知未全馴野性大半拂時宜俗漸騰羣謗天還罰數奇請纓無徑竇賣賦亦瑕疵誰使遊湖海而猶避鬾魑自甘爲阮籍古有幾鍾期芻豆論交易桑榆學諂遲才名成底事汝輩莫相師

癸酉七月得慶子元訃詩以哭之

生平好酒不好錢黃金信手揮萬千生平好酒復好色風絮因緣半傾國錢既身外物色亦身外身惟酒不負腹一飲一石一飲一斗意車亥馬方通神當其酒酣命筆千詩百賦如

夙構水之滄海花之春所作雖不純乎純要之語語皆天眞
時人不能爲乃謂非古人自君少壯世多故食肉丈夫一再
誤羅刹初揚百越波蚩尤競起齊州霧君欲上書敢叩青雲
閶君欲談兵敢近將軍樹悲來把酒看劍長嘯元龍樓世稱
怪物相馬牛誰憐點點滴滴熱血迸作雙淚流君之文章意
氣有如此五十八年抑塞侘傺以窮死死前死後幾知己天
壤一人我而已我能知君才不能救君窮我窮實與君窮同
哭君之日我猶乞食東海東君今在天何處爲酒龍

夜坐

待月開簾坐新涼漸不同久疏燈上火最寵扇辭風碧漢惟

流水秋花又落紅遥知薄命妾無睡盼歸鴻

寄雲如

病裏辭家慘不歡兩人清淚幾時乾書來報我平安字爲汝今宵强一餐

隔江也有十分春數盡花枝不當人昨見白蓮花一朶依稀猶似玉精神

張海初曦照移寓秦淮水榭宴集同人辥慰農山長郎席首成二律依韻奉和

欃槍容易掃江淮煙水南朝景自佳天外偶停香令舄君以東令檄來滬上暫返里門花前剛贈玉妃釵謂楊少琴校書湖山勳業歸春夢慰老功德

在杭今不復出山矣灰燼文章繫古懷君方謀刊同學諸君遺藁同是中年絲竹感黃金拌醉輭紅街

我來蓮社愧從游乞食年光止酒愁儘有狂名落湖海斷無清福作巢由青雲快與龍門接舊雨欣添鴻印留一曲陽春雖屬和珠璣不稱錦囊收

再呈海初大令仍用前韻

箋注蟲魚訂別淮當時南士幾人佳天涯自託餘生盍貧女拌辭晚嫁釵百級青雲非我志雙城白璧在君懷栽花滿縣尋常事君擬於今年禮部試後即以東令就銓努力看花日下街

浮家直到海南遊萬里歸來萬斛愁緣木尚矜鼯有技銜花

翻苦鹿無由故人雞黍驚相問春水蓬瀛去不留身世蒼茫
詞賦冷幾時老淚對君收

讀劉青天傳　劉公名清字天一號朗渠貴州廣順人由貢生官四川知縣嘉慶初川匪滋事首逆俘至京師上廷訊逆稱官逼民反上曰四川乃無一好官耶對曰惟劉青天一人而已上立擢公道員及遷布政使又被劾後自請改武以山東總兵官終

青天一人劉公其名清豈惟其名清其心廉且貞豈惟其名
清其政仁以明磐磐龔黃才韜略復最精文官不見容請建
上將旌身經百餘戰戰必先鞭鳴晚歲得開府雄風揚東瀛
公初爲縣令萬口騰循聲隸公宇下者眞戴慈雲行公之視
民瘼保母調孩嬰民之奉公法子弟從父兄民雖去爲賊見

公仍歡迎公雖急擊賊降則還其生勒馬與賊語公淚時縱橫賊或聞公來卷甲先移營以公長封疆震盪時流醒同心肅吏治吏良民何爭天子早用公世可不用兵用兵早用公賊亦不足平奈何蟣蝨臣九閽隔玉京自賊稱好官　天子瞿然驚驟遷逾五階繡斧邀殊榮乃以戰功顯報　國志竟成脫非賊愛公一語出至誠　天子固好賢何日知公名吁嗟乎天子何日知公名

過雨花山偶占

新村桃柳未成陰金粉樓臺何處尋不是野花紅滿地江南誰信已春深

登木末亭懷太白

碧蘿祠宇裊茶煙曾此行吟有謫仙自著錦袍上天去鳥嗁花落一千年

向忠武榮張忠武國梁二公祠堂題壁

咸豐癸丑二月髮賊既陷金陵甫十餘日而大軍雲集賊酋震動衆皆酣飽無鬬志其勢一鼓可下時向爲主帥自以老成宿望壹意持重頓兵長圍冀賊他竄張隸帳下雖屢陳方略誓掃羣醜有戰必勝義不顧身要之左右惟命撫膺太息而已癸丑以前賊所過郡邑無久居意久居自金陵始由是而三吳三楚

西逮巴蜀北踰河朔南極嶺嶠糜爛幾徧天下實癸
丑之役釀成之蓋至同治甲子事平而賊之據金陵
爲老巢者已十有二年矣丙辰營潰向以憂悸卒於
軍於是張有再造東南之功而仍無兵柄越四年營
再潰遂身殉焉二公同謚忠武先後奉有專祠之命
今吾鄉諸君子構祠合祀二公因念二公幕府余嚮
者皆嘗遊之復過此祠愴然有感

盛名向寵如山重熱血張巡似海深身後史書皆赫赫眼前
祠樹此陰陰十年未熄滔天禍一死難完許　國心誰使英
雄無用處江聲流恨到而今

十一月十五夜張海初大令招集秦淮水榭即席賦詩並呈薛慰農山長

月輪夜夜東上天，珠斗迤南箕北邊。有時照地物無影，乃如一鏡中天懸。是誰曾見今夜月，當頭不似尋常圓。廣寒佳話姑妄聽，霜天坐待拌無眠。主人愛月兼愛客，勝地清遊難再得。清溪西接石城潮，小姑居處將軍宅。招邀車馬河之干，紫裘朱履聯芝蘭。賭酒十升人未醉，燒燭千條夜不寒。鈿釵逐隊驚鴻墮，揚州兒女新香火。眉語人前雜笑顰，身裁時下矜梳裹。須臾歌管動敖曹，對舞當筵簇錦袍。一曲聲隨流水遠，九天風讓碧雲高。桑根老佛閒情賦，陽春到處能調護。花片都憑天女飛琴絃自顧周郎誤眾中我獨愧平生孤負劉伶舊酒名一身湖海餘多病中年絲竹豈忘情此時明月逐人來此時人與月徘徊果然今夜月尤好桂花不落梅花開板橋風景惜非舊何當還我吹簫臺亂後余買得潄紅軒遺址實影孃故居也至今未能修葺白頭綺障無他願再看月圓五百回

讀胡文忠公遺集題後十韻

第一中興佐千秋定屬公至誠支浩劫再造矢孤忠狂寇滔天甚時流束手同十年聽鼙鼓萬里化沙蟲漢水來開府軍書始發蒙楚吳匯全局智勇奪羣雄但著先鞭去如操左劵中星眞高北斗律總競南風太歲夢當酉斯人瘁鞠躬後來

守成算儀瓛乃元功

題河東君小像

生不許爲奇男子得天者雌巳羞死況復逐隊凡裙釵不如早向靑山埋妾家寒門大非偶色身事人妾不醜相天下士通以神眼前都是尋常人纔萬貫錢窮措大食萬戶侯賊無賴但願嫁一古丈夫千秋同礪千金軀錢公才望厭當世妾每見之輒心醉半野堂上初來時貌男衣冠意可知今日爲公奉箕帚他日附公倘不朽傭花媵月年復年神州一旦塵與煙公走告妾妾私慶妾請卜公公致命公東海蹈妾問津公盡室焚妾爇薪公雉經耶妾裂帛公鴆飲耶妾浮白公雖

無妾死有光妾從公死死名光香豈知公念不到此如妾所言甯入耳公從此後鬱鬱居謂妾鬱鬱當何如無荷公死家禍作豚犬猥瑣鵂鶹惡公已失勢誰相憐得妾一死家瓦全公負君恩計已左妾受公知殺身可此死毋乃鴻毛同女兒心肝國士風

丁烈女詩 丁女名沁雲爲揚州丁楚玉翰林之女太守夔甫名某茂甫容甫名某之妹許字蘇州宋菊坻之子兩家皆宦於鄂未婚而夫死女死烈時寓居南通州

同治癸酉六月初五日未昏阿兄驅車歸在門阿妹驚立起阿母大歡喜兒自楚來幾日矣楚中幾月斷音書晉壻之病今何如對曰壻健固無恙語不成句顏不舒阿妹然疑無問

處逡巡郄入房中去入房豈向房中行竊聞兄語漸有聲似
言壻病本不起歸葬何所尤分明阿母搖手呵曰止老淚點
滴腮間盈女行仍至中堂來一紙擲向兄之懷去年徼聞壻
有疾妹卜如神言不吉暗置襟帶間跬步不敢失請兄試讀
紙上字人生修短由天意妹命不諧奚怨尤此何等事兄猶
祕兄言妹性如男兒凶耗誰敢使妹知妹既已知之幸勿多
傷悲母前欲勸勉口鈍難爲詞女色揚揚如平常晚飯才罷
歸蘭房母徼窺之息在牀銀釭閃閃簾周防三更小婢母前
過道女嚴妝起更衣母來喚女女不應藥甌殘汁如膠凝啟
幃視女女何有當日聘釵握在手花貌亭亭玉體溫烈魄貞

魂行已久此之謂慷慨此之謂從容此之爲正氣此之爲女宗女何人姓丁氏婿何人宋公子壻生蘇州女揚州兩家宦鄂約婚嫁婿未及婚一病休女今覓壻從黃泉相逢倘比雙玉肩鞭龍鞚鶴上九天阿母阿兄呼天痛哭夜不眠

鄭千總死事詩

鄭君鴻謨金陵人官千夫長勇冠倫老父都護鬚如銀時清無事家陽春一朝楚澤紛煙塵督師奉命誅黃巾吳中十郡調發頻父名在調君則顰衰年何以勝戈矜兒壯能舉鼎百鈞督師曰善汝代親壬子冬仲旗鼓新丈夫許 國甯酸辛明年遇賊西江濱[地名草鞋夾]賊騎壓地魚貫鱗我軍欲戰萬手

皺南風無氣白日湮惟君虎視雙目瞋有刀不鈍馬不馴殺賊無算如刈薪犬狠四面環而狺自辰陷陣今且申君裹創起方逡巡賊已交刃君之身咸豐癸丑月在寅初九日晡君成仁丹心感愧邀　恩綸魂歸猶戀蘭陔循是眞孝子眞忠臣

斷指生歌

生何來斷其指指則斷氣如矢老拳貫竹臂能使一日猶書一千紙生滁州人獨行儒聖草善作黃門書當世貴重等萍緑換羊求判何時無十年聾鼓江上頭都督者誰踞此州諸將豈但絳灌恥出身大抵巢芝流生於爾日困鄉井如抱荆

棘爲牢四一騎飛來花底宅非豸誅求到煙墨倪迂之畫戴逵琴誓不媚人請謝客彼哉聞之勃然怒大索捉生官裏去門外騶騶牛馬走堂上吽吽虎狠吼金在前刀在後書者得吾金不書戮女手生上堂叱叱且詈盜泉之酒我甯醉女今殺我意中事語未及罷指墮地左右百輩戰色酡生出門笑笑且呵筆鋒不畏刀鋒多刀乎刀乎奈筆何乃知世有鐵男子一字從來泰山比古今惡札常紛紛痛惜生平指頭耳死灰既死不復吹生雖斷指書益奇墨花帶血光陸離從生乞取半丈幅張之草堂白日驚夔魑

張春陔（盛藻）太守買得六朝宮鏡一枚以屬薛慰農山

長留贈秦淮花譜之當首選者索賦

龍蟠霸業久銷亾松桂都隨劫火荒金陵舊有地名六朝松又歸雲寺桂樹相傳為六朝遺植洪賊亂後俱焚伐矣千二百年銅一片獨留青眼看紅妝

結綺閣邊何日鑄穿鍼樓上幾回磨三千眉黛春妝外照見官家揖讓多

玉樹金蓮各沿吳南朝天子半登徒憑君一一分明記眞見佳人絕代無

苔花繡蝕委黃塵太守停車替贖身指點靈和殿前柳風流原是再來人

攜伴琴書亦自佳不如還汝舊秦淮此間大有棲鸞處一種

溫馨輭玉懷

況有西湖舊使君安排金屋倚紅雲清光終古一輪滿不借揚州月二分

香火情應海樣深容成無語德愔愔溫柔鄉裏勞監管照定郎心與妾心

團團秋水玉無瑕好對芙蓉第一花從此扶持要紅袖未須重說帝王家

題饔芳録爲高君渭川死事作高君渭川邑人癸丑二月金陵城陷君奉家屬投饔中死之其季子子安輯饔芳録徵詩

賊何能能殺人世人畏死乃惜身賊所至處驅縛如雞豚鬢

眉男子數十億萬輩搶地不起甘作搖尾鱗朝運百甌粟暮伐十束薪東眠西食逐隊牛馬走千金之軀誰敢陳苦辛咄嗟小有不如意輕者鞭箠重斧斤種種楚毒之肉化皮毛皺道殣相望橫荆棘烏鳶啟翅狐膏脣或更搜括入軍帖白面教執戈與殣赤脚疾走燕吳秦長日一飯饑腸輪夜半露宿轟雄鬛一朝狹路猝遇官兵屯馬頭風起烈火焚心落膽裂縮蝟蹲頭焦額爛寒蟬呷一網打盡無逃奔紅旗飛馳露布文臣某某日某地戰勝兵如神陣前斬馘無算級髮尺有咫纏黃巾安知纍纍者前日皆良民今日爲賊死泉下聲猶吞湖海一萬里無地容冤燐然則畏死得死等死耳泰山鴻毛

榮辱分何不殺賊江之濱一身慷慨酬至尊成則銘吾勳不成成吾仁此義難與凡夫論惟豪傑士勇邁倫命不足貸志必伸當賊未至時散錢千萬緡一家不惜從今貧所願號召白甲淨掃欃槍氛當賊方至時仗刀立斜曛城頭打鼓雷殷殷恨不從天飛下立掩魑魅羣及賊陷城時黑霧塞四垠守陴早星散將士徒紛紛匹夫雖攘臂不能成一軍詛天天無語切齒血滿齗羣兒竄伏爭閉門此獨開戶如延賓香花白拜稱罪別家廟呼兒冠帶婦帔裙弱息襁褓一一顏色新彬然怡然羅跪在堂下與汝輩約無逡巡僅此片時活且酹酒一尊賊面不可見賊語不忍聞勿謂草莽非縉紳無名之死

不得干青雲勿謂老耄諸童昏矛炊劍淅尚可延饔飧人生
一死無二死時事至此痛哭胡云云庭前有甕甕有水水尤
清白絶點塵可以滌妖穢可以藏英魂甕中自有一天地從
吾遊者嬉陽春衆口一諾正氣直上通九閽餘語嘍嘈聞諸
鄰鄰父走勸逢怒瞋有僕有僕竈下來欣欣我能收君三世
併命同一壙此時目中並無賊但覺賊中只有幸死無苟存
他日 日下頒溫綸千秋祠祀光榆枌季子嶽嶽天家珍自
是 盛朝揚清激濁之 殊恩死者初意甯知孰者爲義士
孰者爲忠臣噫吁嘻此何人君不見癸丑二月吾鄉高君渭
川及其二子一婦三女孫

丹陽魏冠山州倅占鰲暨其仲子樸甫明經純死事詩

是眞男兒不虛生七尺之軀千秋名是眞男兒不虛死臣爲忠臣子孝子常人生死權在天非常人則人有權可生之生無苟延可死之死無苟全不見曲阿大小魏世難同歸風凜然方賊陷城時賊騎城中馳惡聲與惡色何可聞見之殺賊固無計罵賊猶有詞殉城父無憾從親兒敢遲只今血碧處來往雙靈旗帝閽賚良厚祠祀官其後取義成仁此不朽草茅名姓燭山斗當時不乏貴官走束縛妻兒逐牛狗偷生能多幾日生聞斯人風噤無聲偷生不得更得死地下相逢鬼顏泚

題湯貞愍公畫幅爲薛慰農山長作

忠孝家風仙佛心文章有傳在儒林豈知餘事丹青引一例千秋重碎金

詩中有畫畫中詩也要名山興到時能事從無章急就十年償諾未爲遲卷中自跋有久未奉報云云

東風此夜硯開冰寶墨花融筆露凝想見香溫茶熟後兩邊紅袖蒻春燈貞愍有詩畫女弟子數人其翹楚曰王月

蹇驢何處逐吟鞭翁醉童嬉滿目前自是江東全盛日梅花香裏過新年

錦繡江天劫火餘再來門巷半生疏畫圖茅屋無尋處況問

將軍水石居（貞愍於金陵之冶城山雞籠山各構別墅並饒佳勝今俱蕪沒）薛公此寶勝琳琅老屋藤花爲護藏（山長所居曰古藤香館）休信他年神物化風流癡到顧長康

泊江上

黃葦一江花停舟片月斜艣聲驚巷犬燈影誤林鴉身老難爲客天寒更念家不如隄上柳長繫釣人槎

感事

不堪唾罵處流涕一悲歌海客交情重儒家鬼物多文章成罪案黨禍此風波吾事毫芒甚將如世運何

月當頭詩八首

霜釃風銛夜氣孤天心冷抱此冰壺年年照徹人心事抵得
西來棒喝無
頂上圓光一鏡磨脫巾幾客醉婆娑老奴恐被寒簧笑底更
年來白髮多
絕頂樓臺倒影離小庭梅樹獨高寒開花有意橫斜去要等
姮娥側面看
廣寒宮殿四時春終古扶疏桂一輪倘有風吹金粟落天花
壓帽是何人
乘風更欲訪吳剛直到瓊樓玉宇旁踏穩一微塵世界萬人
頭上奏霓裳

風鬟霧鬢掠銀雲碧海青天近十分今夜夜深泥首拜下方
人語倘知聞

壯士天山尚枕戈月皚如雪湧金河不知鐵葉兜鍪底燕頷
封侯得幾多

舉頭凝盼低頭認此夕清光徧九州星斗四邊無一顧誰從
天外更昂頭

尹松期愛蘭成癖數年以來集異品幾二百盆余來滬
在花後而聞其花事之盛不禁神往輒賦五絕句

一片心香一品蘭蓮猶太豔菊猶寒如何俗眼無眞賞苦把
花王奉牡丹

不信芳魂有化身一花便占百花春多應刻意酬知己添與

君家掌上珍君所蓄於梅瓣蓮瓣之外復多變態爲人所未習見者蓋若有神助云

酒價申江第一壺不辭芳譜署花奴長安道上題名者似此

春風得意無滬上有蘭花會以花至者數十百輩必公推一最上之品爲狀頭其花主人卽爲座中祭酒君已屢居是席矣

從來國色卽花神榴醋桃緋各有眞海上春光君看徧如蘭

吹氣果何人去年有選滬上女校書二十四人配以花品者是花是人自得神似然唐突者或亦不免乎

香國因緣有故知此行偏恨我來遲金泥玉葉猶如許想見

花開花謝時堯時有金公爲堯藝蘭故云

送宗山嘯梧奉檄金州公事

人生一鷗鳥海上幾神州行脚不到海其人非壯游我歸日
南外君去天東頭差快平生志身經萬里流
寒雨甬江東菰蒓客味同論交牛櫪下話別雁聲中八月方
秋水長天況大風放君架吟筆萬樹海珊紅
海國平安久還防事未來君護戰船木料至瀋陽蓬瀛競花鳥鮫蜃富
樓臺危是何時漏瀾從幾處回此行憑巨眼君本出羣才

和會稽陶心耘濬宣孝廉見贈原韻

五柳家風氣轢塵鮚埼亭畔締交新姓名天上金爲字湖海
年時玉當薪夜盡有書君下酒在試院中君嘗誦漢書竟夕衆中如葉自
憐身不成一事狂奴老青眼王郎更幾人

和鄞縣郭晚香傳璞孝廉見贈元韻

曲江潮氣白如銀，湧起枚乘綵筆新。一代龍門推國士，九天鴻羽作秋賓。（余於丁卯八月既望始交君於吳和甫師杭州學院，師稱爲當時第一作者，是年君領鄉薦）春風去後稀梅使，朔雪逢君賸葛巾。湖海鬚眉今老甚，生平孤負種榴人。（榴石山房和甫師藏書處也）

再贈晚香仍用前韻二首

米作丹砂雪作銀，一回世事一回新。餘年病起仍湖海，幾處嗟來當主賓。孺子自修橋下履，先生誰折雨中巾。此鄉問徧春消息，除卻梅花即故人。

東風吹起鬢如銀，眼界還從歲琯新。花市春燈方買夜，草堂

人日況留賓勞薪又逐如飛舸熱酒難澆有淚巾一語要君三太息最繁華地最寒人

題李小池環游地毬圖

地圖九萬里聞者疑其誣病在見太淺匪但布指疏試問地不圓邊際安在乎自從國初來西法斯權輿近今百餘年乃見全地圖海居地大半平土海之餘可名者萬國一一疆域臚風教有後先生殖固不殊所惜華之人視海爲畏途安得眞勇士環海窮步趨李子抱奇氣自奮七尺軀願爲地中鵬勿作轅下駒丙子美大會請觀國所無百蠻懷其寶來者繁有徒吾華稱中朝詎可牛耳虛李子實承乏及時效馳驅

言自春申江東行乘其桴波瀾極遠空天風吹衣裾酹酒一
長嘯蛟龍遥相呼舟所不通處連山排以車轔轔欲上騰捷
與羲輪俱但覺煙霧横甯受塵土污計四萬餘里始至美國
都其地與吾華顛倒足合跗我方望扶桑彼已日下晡當彼
方午炊則我雞鳴初推遷凡六時對待如一隅勝會既已輟
束裝賦歸與若循來時蹤應是西征徂李子惟東行奚處長
途紆朝朝太陽出步步春風蘇東而又東之由粤漸入吳再
四萬餘里仍返申江居是知地體圓環轉只一樞視人所向
背東西無定區昔往夏之首今歸月在辜二百六十日如命
飛仙鳧想當壯遊時萬國親見諸洲島而城郭孰者脊與腴

嗜好而風俗孰者智與愚蟲魚而草木孰者菀與枯佛何必天竺仙何必方壺槎何必星漢夢何必華胥蜃何必有樓鮫何必無珠王何必昆驁民何必侏儒釣何必一鼇樹何必一瑚冰何必非火山何必不魚古人所可信其語若合符古人所傳疑其語皆胡盧李子就所見勒之爲成書傳示後之人庶幾楷與模餘事付圖繪臥遊還起予裳於地圓理差能悟其麤是役惜未從執鞭備僕夫題詩姑妄言李子謂何如

號寒曲

號寒勿號寒號寒向青天司命無大裘太息難爲憐號寒勿號寒號寒驚其羣山雞多修翎從來不相聞號寒勿號寒號

寒更苦饑雪田有稻孫欲飽窗不飛號寒匆號寒號寒已無家朔風撼空林破巢時欸斜號寒匆號寒號寒又何心汝猶語戚聲不見蟬屢瘖號寒匆號寒號寒無處無汝猶尾翛翛不見烏畢逋號寒匆號寒號寒寒未央十日九不晴今冬無太陽號寒匆號寒號寒寒不知但使凍未死陽春有來時

郭晚香招飲卽席口占

乍炎天氣可憐宵月殿高寒碧漢遙聽過十洲春雨處綠陰門巷總魂消

淸淺雙湖水一涯錦帆簫鼓夕陽遲回頭絕憶靑溪曲百隊燈船正此時

鶯鶯燕燕各知名紅燭光中客感生一種歌聲醉〻心骨白頭人聽不分明

吳孃清瘦勝梅花難得鄉親佳若耶我亦江湖飄泊慣魚羹菰飯便爲家

三蕉葉酒不勝嘗誰信生平有醉鄉一斗不能能一石臣髡當日更清狂

雪袂風裙幾主賓閒情如水氣如春衆中我最疏慵甚未必花枝不笑人

送陳茇南方伯之米利堅

地豈分中外由來海限之卽今王會遠幾處使星馳此去憑

旌節流人與護持歡聲若雷動遙想逐君時

一片槎如駛天寬水更寬斯人卽舟楫大海不波瀾陸賈南

橫劍班超老據鞍勳名從古重莫作壯遊看

六十自述用五十自述元韻

誰闖日落尚麾戈去過韶華且任佗（借用）劫火餘生身是燼迷

津慣哭眼無波自臣之壯鳩鶯拙與世何仇蜮射多我更不

如枯樹甚頻年長此命宮磨

側身南望海如杯萬里何堪首重回有約桃花留客住無端

蓴菜帶秋來（丁卯在粵辭聘而歸）五侯樓護原非偶七子嵇康最不才

鶴背尚餘錢幾許一池荷葉半岑苔

江南從此客恆饑幾日辭家幾日歸鸜鵒能言眞可殺槖駝無翼不知飛石依佛座同香火樹近王門盡錦衣獨我登龍舊聲價如今萍緑竟全非

天風吹我甬東行贏得江湖落魄名白髮賣文尤齒冷朱門乞食要心平雞鳴豈不憂當世鶴性終能累此生身後未應常寂寂摩挲詩卷若爲情

山西婦

山西有一婦出身自清門結縭舊家子兩小早畢婚時世方清泰鄉里古處敦家教重詩禮伉儷猶友昆皇天胡不惠甘雨膏久屯六載地不毛穀貴如瑤琨非時或一食遑計饔與

飧家人半死亡夫婦尚僅存夫行不成步僵臥腹屢捫婦謀飯其夫誰能憐王孫長物賣略盡截髮甘自髡買髮未逢人夫體已不溫婦乃投古井願葬斗水渾旁人拯之起或進粥一盂婦心更慘惻瘂哭無淚痕嚮冀夫命延妾當伴朝昏夫今既餓死有食寧能吞縱得日日飽妾命常有根牀頭逝者誰何以詶舊恩三日絕水漿去去隨夫魂作鳥作比翼爲花爲合棔豈無重命者乞食隨人奔昨夕夫君前明旦何鄉村紅顏易爲活悠悠難與論

送曾襲侯出洋

江上逢旌節中朝第一流時名謝安石先德武鄉侯許國

無回顧彌天此壯遊長風九萬里何止到瀛洲

海外有天地華人紛慕羶花貪佛界土金趁瘴鄉錢求富幾如願寄生嘗可憐遙知望塵者羅拜使車邊

代天宣撫事韓范自權宜戚算況　親授豎儒甯敢知仄聞西學士豔說古經師羶酪鏡文教將無在此時

欲賦從征曲生平壯志灰執鞭誠所願磨盾已無才白髮餘年淚黃金何處臺舊時門下士如我至衰頹

日本女

九萬里地飛紅埃何人不趁申江來申江聲價數誰貴名優名妓喧如雷當其廣場露身手贊者紛紛不容口偶然熱市

一經過多少癡兒車後走散地金丸處處同闤天錦障家家有有客城東遊笑語歸未休爲言嬉春百尺之高樓東海女兒十五六衆裏亭亭奪人目雖古施嬙爾過之雪膚花貌玲瓏骨欲笑不笑尤嫣然柔歌豈借管與絃手中鈿榼未盈尺四時花木開萬千忽提長刀白於練飛騰直上屏風顛曼聲一閃破空走虹垂電掣落九天君等凡塵少所見眼前失此神仙眷我聞不免心然疑月夜親窺玉山面果然入畫是眞眞排當百戲能通神今之優妓非其倫胡爲飾髮無寶珍瓘褕作衣僅稱身門前雙屐自來去目成心賞殊無人四旁坐客落落星之晨海東去此幾何里而來寂寞串江濱吁嗟乎

金一斗珠一斛更有蛾眉稱寶玉一斗金一斛珠寶玉皆如當時優妓之有名者
卿只賣百銅錢怪我頻年同碌碌

蘭陵女兒行

將軍既解宣州圍鐃歌一路行如飛行行東至瀨水上乃營金屋安玉扉步障十重列紈綺流蘇百結垂珠璣天吳紫鳳貼地滿珊瑚玉樹燈相輝靈蠵之柈大蠡琖椒花釀熟羊羔肥坐中貂錦半時貴眼下繁華當世稀道是將軍畢婚禮姬姜舊聘今于歸蘭陵道遠蹇修往春水吳船憑指揮良辰風日最明媚雪消沙暖晴波翠雙橋兒女競歡聲新年梅柳酣春意卓午遙聞鼓吹喧前津巳報夫人至將軍含笑下階行

衆客無聲環堵侍綵船剛艤將軍門船中之女隼入而猱奔結束雅素謝雕飾神光綽約天人尊若非瑤池陪輦之貴主定是璇宮宵織之帝孫頎身屹以立玉貌慘不溫斂袖向衆客來此堂者皆高軒我亦非化外從頭聽我分明言我是蘭陵宦家女世亂人情多險阻一母而兩兄村舍聊僻處前者冰畦自灌蔬將軍過之屢延佇提甕還家急閉門曾無一字相爾汝昨來兩材官金幣溢筐筥謂有赤繩繫我母昔口許茲用打槳迎期近慎勿拒我兄稍詰何大聲震柱礎露刃數十輩狠虎紛伴侶一呼遽蚤集戶外駭行旅其勢殊訌訌奮飛難遠舉我如不偕來盡室驚魂無死所我今已偕來要問

將軍此何語女言縷縷中腸焚突前一手揕將軍一手有劍
欲出且未出我言是眞是假汝耳聞不聞我惟捉汝姑蘇去
中丞臺下陳訴所云云請爲庶人上達堯舜君古來多少名
將鐘鼎留奇芬一切封侯食邑賜錢賜絹種種國恩外是否
聽其刦掠良閨弱息爲策勳詔書咫尺下五雲萬一我嫁汝
汝意豈不欣不有天子命斷斷不能解此紛汝如怒我則殺
我讐諸么麽細瑣撲落糞土一蚤蝨不則我以我劍奪汝命
五步之內頸血立濺靑絁裙門外長隄無數野棠樹樹下餘
地明日與築好色將軍墳一生一死速作計奚用俯首不語
局促同斯文將軍平日叱咤雷車殷兩臂發石無慮千百斤

此時面目灰死紋頳如中酒顔熏熏帳下健兒騰惡氛握拳透爪齒齩齦將軍在人手倉猝不得分投鼠斯忌器無計施戈矡將軍左右搖手揮其羣目視衆客似乞片語通殷勤衆客驚甫定前揖女公子聆女公子言怒髮各上指要之將軍心始願不到此求婚固有之篡取敢非理鹵莽不解事罪在使人耳若兩材官者矯命必重箠如今無他言仍送還鄉里將軍親造門肉袒謝萬死敬奉不腆儀堂上佐甘旨事過如煙雲太空本無滓請郎回舟行食言如白水女視衆客笑且顰諸君視我黃口㑊彼今大失望野性詎肯馴山魈尋仇讐蓄念愈不仁慨從軍興來處處兵殺民殺民當殺賊流毒滋

垓垠蘭陵官道上若輩來往頻不在霜之夕則在雨之晨我家數間屋獵獵原上薪我家數口命慘慘釜內鱗彈指起風波轉眼成灰塵與其種後禍終作銜哀燐閻羅知有無夜臺寃誰伸何如咄咄九重天必無私綸或竟辣手作公論自有眞明知我此來螳斧當巨輪甯猶計瓦全惜此區區身諸君調停詞蔓甚我弗遵衆客更前揖請勿變色瞋將軍負賢名毛羽夙所珍壹意希儒風裘帶殊恂恂此舉大不韙一旦傳聞新萬口鳴不平可知詈申申惡聲來有由欲辨難鼓脣白璧自污之罔値錢一縉悔過方不追恨無障面巾江東諸父老相見慙相親況敢犯衆怒興戎自婚姻得罪名教盡不復能

爲人斯人非尋常四方戰賊多苦辛大才雖非管樂匹英風猶是耆頗倫女公子既世家裔幸爲朝廷寬假熊羆臣他日之事願以百口保某也官府某也鄉縉紳翕然長跪代請命惟女公子爲仙爲佛爲天神女知衆客意難拂乃曰我爲諸君屈諸君前說姑置之我與諸君借一物我聞彼有善馬名白魚日行千里猶徐徐我之發蘭陵辭家計已四日餘老母痛哭常倚閭兩兄中庭握手空唏噓若乘此馬歸到家可及今日日落初自今我亦棄敝廬卜鄰別有秦人墟桃花林中奉板輿從兄去讀黃石書武陵隔絕癡兒瀕三日五日間我既還所居秣陵蔣尉祠歸馬其何如將軍此馬不數馭至此

惟恐女不去急呼從者牽馬前四足霏霜耳披絮信是吳門布不虛由來列子風能御女一顧此馬眉宇色差豫撒手始釋將軍衣身未及騰鞍已據一身長謝破空行電掣星流不知處女行數日軍無騷將軍振旅膽氣豪鍾山之旁營周遭賓僚迎拜將軍勞斗酒勸醻新蒲桃鉦笳雜奏聲讙呶雲中匹馬塵甚囂清光無恙來滔滔千金一諾券果操將軍迎纛歸其曹馬汗如血長嘶號背上有物臃腫拳曲縱橫束縛三尺高乃是材官當日將去之聘禮封還不失分釐毫聘禮腆盡處薙葉多一刀刀光搖搖其鋒能吹毛將軍坐此幾日夜睡睡不牢

會稽王孝子詩孝子名繼穀會稽諸生侍父任在鄞學先是父病焚疏請代未遂既而母病復疏於神先自投鄞之月湖死而母病果愈不得謂非純孝之所格也事在光緒六年四月

男兒七尺貴有用致身只在君父間青雲果已位通顯譬如良驥登天閑國士遇以國士報生平自命管樂班方其許國馳驅日感慨不畏時局艱中原鼙鼓絕域節臣有誓死無生還臣家之事置度外生男嫁女皆等閒雖如太眞絕裾去辭親不復歌刀鐶勳名蓋世自有在再造王室摧諸姦以親較君君爲重靑史未用多譏訕若猶伏處在鄉里晨夕菽水歡親顏兒家雖貧兒志絜白華竊比茅與菅二人以外復何慕方寸蚤已蕪穢刪親其康彊卽兒福親病奚翅兒恫瘝先是

父病困牀蓐桑榆日色黯甚般兒請代父神弗許一朝熱淚
空雨潸父骨未寒母又病二豎對峙云亭山泥牛入海百藥
盡良醫不補眞宰患天之定數誠鐵案儻竟坐視無轉圜讀
書識字乃如此文采麟鳳心豺豻兒於爾日少人色食仄衣
逭黑髮頮中庭露禱向神語兒母若死兒罪轘神能聽兒活
兒母願以兒命爲贖鍰兒母所生代母死一息豈敢貪塵寰
兒之此行況甚樂含笑往侍地下繄阿兄阿弟善事母但祝
至老萊衣斑伏地喑咽焚一紙鏤肝鉥腎詞迴環夜半旣禱
亟走出楊柳之渡芙蓉灣平步有水水有路重泉城府如夙
嫺明旦居人大讙譟屹立水面挺不彎士民萬輩來酹酒灑

作湖水增清潺想見汨羅弔屈子年年笳鼓喧南蠻兒心旣
遂豈徒死兒算遺毋神甯慳是日毋病卽少差慈容漸起從
前孱固知至誠神所佑蒼蒼誰謂隔九關君不見會稽王孝
子此風可以勵愞頑血性勿疑賢者過高山可仰不可攀報
親何必非報國由來聖化始閨闈忠臣孝子同不朽　恩綸
咫尺光煸爛

謝貞烈女詩

以人間天天不語人欲作鬼鬼不許斯人何人君子女女姓
謝氏曰某姑明詩習禮美且都許字某郎妾有夫夫早歲死
妾尤少夫生未婚死可弔夫行勿前妾且到願爲雙死同一

棺不願獨活摧心肝妾有一尺刀光寒妾手如縣刀則重妾血如泉刀不痛妾骨如鐵刀無用人來奪刀刀去喉刀入人手妾有頭頭縱可留心不留妾心不留妾必死及妾未死夫有子不了之事乃如此子漸長成妾病危是妾地下從夫時天乎鬼乎今鑒之

題王子獻纖香孝廉天童紀游圖卷

十萬株松樹天童青若何三年甬東住恨未一經過冷局無游興衰容況病魔山靈應見拒此老俗塵多

今宵欣讀畫更讀畫中詩一一好林壑斯圖乃盡之凡君行腳處皆我會心時儻有後游日還當蠟屐隨

題宗湘文太守愛山臺圖四首

古之名勝地極目半寒煙金谷蘭亭外斯臺今巋然青雲三百尺黃鶴一千年湖海添佳話由來仗後賢臺在湖州郡治丙爲南宋汪亟所建久圮太守始新之

君家臥游者畫外一山無何似登臺望衆山爲畫圖閒時來拄笏勝客與提壺萬里長風想高空倘一呼

旣叱嚴州馭明州節又移馳驅徧吳會治行九重知石是三生契山還一簣爲今看叢菊滿香到晚秋時太守自嚴州移守甯波郡治西偏舊有假山地廣數畝久廢不治太守誅茅覓徑雜植花木而築草堂其上云

餘事愛山耳仁人自愛民愛民造民福民亦愛仁人竹馬歡

迎處再來情更親太守兩守湖郡只今臺下路棠蔭有餘春

烈女行紀黃婉梨事

君不見黃婉梨生不甘爲讐人妻虎狼累月相提攜一夕殺之如殺犬與雞貞魂烈魄踸下地浩氣上與青天齊 一解 婉梨金陵人儒風舊家是癸丑陷賊中女生五齡耳有母有弟有兄嫂全家種菜隱鄉里阿母教鍼綫阿兄授書史門外污者塵門內淸如水 二解 朝朝盼官兵十有二年久官兵旣收城全家開笑口叩門來一兵狀貌比賊醜搜屋無一錢怒掣刀在手女前跪致詞請以身代母兵曰不殺汝殺汝全家人汝能飛去否 三解 全家被殺時女木立若癡兵徐縛女出鞭

馬還怒馳江干檥有船驅女使上之告以歸湘南妻汝汝勿疑 四解 女心默自計我死甯有他我固不惜死全家讐則那忍淚向讐語我方身有痾隨汝到汝家嫁汝締蔦蘿今有同船人男婦數十多汝若苦逼我我惟沈江波不見金家婦汝奈江波何 時有金眉姑亦金陵人上船時投江死 讐竟帖耳聽不敢相詆訶朝夕敬事女水程累月過 五解 水程累月盡舍舟當就陸同舟人各行同行一讐獨女心搖搖撞小鹿此去不知何處宿何日誅讐死瞑目 六解 行未數里橫來一人伴讐而走甚狎且親數數目女道女美彼此虐謔紛笑瞋女聞無言眉暗顰兩惡男子意不馴我一弱女甯其倫事急惟有死保我金玉身

報讐在今夕萬一沉冤伸不報亦今夕銜悲極千春逆旅急

偷閒留詩壁間塵後有讀之者爲我聊酸辛 七解 倚裝幾何

時白日暗平楚兩傖羅酒肴燒燭照窗戶呼女陪壺觴教女

伴歌舞駃音恣號呶時雜鶯燕語逆旅夫何知夜寐各賓主

八解 明日之日日正中房門不啟人無蹤破扃睨視生悲風

一男中鴆死口鼻皆青紅一男毒較輕白刃洞在胸一女挂

羅巾徧身窮絝窮細讀壁間詩了了陳始終乃知女所爲辣

手眞從容萬口嘖嘖稱女雄此女毋乃人中龍 九解 噫吁嘻

女事雖幸成女心尤慘悽色身餌人餓虎蹊一日未死憂噬

臍欲死不死呼天嘑至誠所動天聽低乃以杯酒爲媒梯仇

讐刃畢月未西青溪之水魂歸兮世無血性諸紅閨綺羅金翠眞土泥君不見黃婉梨　十解

駱烈女詩

金陵張氏女母遣嫁駱家將女來作婦女較郎年差將婦來作女郎待女及瓜雖非共命鳥已是同根花　一解　丁丑秋仲月郎病忽大作女年十五餘頗解奉湯藥郎雖不言死女知郎夢惡女雖不言死郎知女心諾　二解　一朝郎竟死妾死何旁皇堂前尚有姑妾死還商量姑以郎爲命郎死妾未亡郎心不忘姑妾身宜代郎　三解　姑乃前致詞非婦汝勿守女曰女甘之姑喜不容口母亦前致詞再嫁女弗醜女曰女胡然

母怒掩耳走四解他日母病聞聞病女乃行行至母門母則當門迎連牀疊錦綺大衆歡有聲女知入羅網霽色了不驚五解含笑語衆人女事母爲政母甯不愛女擇壻想已定召女甯何傷不祥乃稱病請歸一辭姑明日惟母命六解脫身歸至家姑前陽陽然夜半結縞帶搶地呼靑天無郎妾何戀無妾姑可憐兩全今未能妾從郎九泉七解孟冬旬二日女化若仙舉母方哭女來女魂慘欲語强嫁恩已斷茲來哭何許作詩竊穪史權書之駱烈女八解

題王孑獻孝廉硯銘

相石如相士無言通以神平生靑眼裏希世幾殊珍但願壽

千古休論價萬緡多金買田者不是草介人

各有三生福全收鐵網珊物常歸所好人不厭相看昔我端州住其年秋水寒空山誰對語一片石都難壬戌之秋余客肇慶値水患不能采石歸時僅載一硯猶中材云

爲人題羅浮香夢圖有調

花滿空山露滿衣天風環珮是耶非若無青鳥殷勤喚如此銷魂定不歸

自是無郎獨處時早春風月惹相思一從嫁與孤山後倚樹酣眠更有誰

我傍羅浮幾泛槎塵容無分伴煙霞休論枕上春婆夢醒眼

何曾見一花

有客南枝感夙因莊周胡蝶比前身今生化作梅花去料理他生化美人

秦淮雜詩十首

燈火秦淮舊有涯而今畫舫盡東移荒城野水仇家渡也似人生得意時前明燈舫以東西水關爲十里秦淮載諸板橋雜記甚明及余少時所見西關不能如明時之盛惟自東水關至文德橋而止數十年無少異今則東關遶西漸無人迹而船市東聚於仇家渡且駸駸乎入大中橋矣

煙月城南路幾條更無人問往來潮釣魚巷裏春如海便抵當年長板橋板橋雜記謂明季歌姬舊院爲最次則舊內次則珠市其後舊院少衰與貢院前牛市鼎峙而三無所軒輊而東西釣魚巷次之賊亂以前大致如此今則冶遊所趨惟釣魚巷爲烟花淵藪他無聞焉

南朝閒煞好樓臺盡買揚州芍藥栽料得二分明月色一齊收拾過江來髮賊之亂金陵歌姬雲散冀羣一空今之粉白黛綠望衡對宇者大抵自揚州而來前後凡數十百輩竹西歌吹其盡於此乎否乎

桃葉渡頭春不歸重來風景更全非琵琶商婦皆黃土賸有年年燕子飛壬申癸酉之間有撰白門新柳記者尙附載金陵舊姬數人列之衰柳以志餘慕十年以來之數人者又俱老死而北里名姝今遂無一土著輕煙淡粉之風流於是掃地盡矣

東舫西船面面鄰煙花原是一家春近來都愛樓居好落得藏嬌各避人舊時燈舫不施屏障而客與諸姬從無同舟者風露涼宵萬花齊放煙水離合相望而不相從所以稱雅遊也今則船上皆安高樓大可容十數人嬲聚而嬉招搖過市不足爲外人道矣

玉笛聲中寫豔情幾人心醉不分明白頭爲是開元曲也向

樽前百感生金陵諸姬小調尤勝雖靡靡鄭衛而柔絃脆管儘得樂府之遺今則盛稱裏下河調間有一二能歌舊曲者聞之黯然

美人頭上幾花枝羞綰黃金縷縷絲數一枝花一杯酒昔年臣醉欲狂時舊時諸姬夏日晚妝後皆結抹麗爲流蘇簪之可數百朵香風四流不御鈿羽今則無此妝飾金斜玉橫至不見髮鬭靡而已

泠泠風月夜濃時少卻青天筆一枝絕憶繁星千萬點塔燈光滿月牙池縣學面秦淮爲泮池故有月牙池之名報恩寺塔雄峙池右高數十丈時人謂之文筆環塔有燈不數數點點時則斯池獨有倒影泛舟者必聚觀之今塔燬於賊

幾多金粉水雲鄉蔣妹祠前碧草荒寄語曇雲諸弟子青溪居處更無郎賊平之後金陵女尼最夥故三山二水之間新築尼庵相望於道而小姑祠之在淮青橋畔小

巷者蕪蔓已久若輩盡葺而居之其名甚正青溪香火未必不勝於南海經魚也

舊京喬木久傷心丞相空拌種樹金滿地夕陽無障處至今一柳不成陰　舊時秦淮兩岸百步數十步之間必有大樹一二株泛舟者隨意繫繩流連嘉蔭往往終日自賊來全燬之曾文正公前後三督兩江凡命補種柳樹者數矣所費不貲而奉行不善朽株淺蒔不遂生意至今無一柳焉

失題

蘐是宜男草兒爲證果人何知兒墮地翻累草長春渺渺重泉夜依依孤露身可憐頭已白從不識慈親

滄海風吹水平生夢幾回神山尋路到仙姥自天來空有霞爲帔還傾露滿杯始知蘐未隕佛地正花開

丹徒包明經室嚴孺人割臂圖

鳥曷貴有鶼魚曷貴有鰈郎身重千金妾命薄一葉郎今病可憂何不移病妾切切呼問天高高天不答 一解 郎病郎且死妾豈有力能回天郎死妾俱死此事在妾天無權郎或不死未可知妾雖百死夫何辭妾臂上有肉妾爲郎醫之 二解 夜深無人獨拜當戶鑪香上雲樽酒澆土紅燭雙行白鐵尺許郎生郎死在此一舉窸噓欲絕暗泣零雨 三解 袒臂直前奏刀毅然血漉漉湧泉肉團團割緜連肩帶肘妾不知但覺雪肌冰理刃過無留遲 四解 急將一臠肉投之百沸湯傾之碧玉甕兩手戰戰持向郎 五解 郎僵臥若蠶惟鬼語讁讁方

半醒半酣扶郎就郎口郎飲之而甘六解郎腹隆隆鳴郎汗蘧蘧出遲明與郎語清響勝昨日三日餐有加五日杖繞室七日召賓朋十日病若失七解可知從前疏郎非必死病昌陽與豨苓醫者違其性豈眞肉有神妾乃奪郎命郎命不當絶妾乃得天幸八解郎體日以安妾傷日以重當時未爲苦痛定則知痛人前倦談笑寂處成醉夢九解眠食頓減憊甚尫厭厭一息僅在牀姊妹代澣沐始見在臂椀口一巨創血肉尙狼藉筋骨大倔强膚革焦爛多黑黃斑斑爛爛羅衣裳臧獲奔告相驚惶郎來視之雙淚汪乃知前夕之夕服此湯今日之日更無續命方雖復割臂難爲償紅顔少婦爲誰死

男兒能勿摧肝腸十解　郎心姑姑勿悲妾病殆不起妾有一言告夫子人生偕老雖百年斷無一日同死理妾之先郎行妾命自短耳割臂世常有顧妾獨至此卽無割臂事時至妾亦死郎生長未央妾死樂爲鬼更願黃泉相見遲從此妾心大歡喜十一解

滬上雜詩

東箭南金見不鮮窮搜蠹簡博腰纏名山多少千秋業卻仗江湖駔儈傳

使節昂昂去國輕海天九萬里縱横生來不帶包身膽如此風波未易行

獶雜昏荒教各殊勸懲仍不外吾儒由來佛老皆優孟除卻儒書一字無

蝸廬隨意署祇林處處香花繞梵音到此幾人歡喜去只應徧地布黃金

花花葉葉萬家樓不信江南客冶遊若使杜司勛到此更無春夢似揚州

九天珠玉屬新聞公是公非片語分管領陽秋一枝筆生平不作送窮文

芝醴根源豈絕無甘心藩溷不嫌汙海濱盡是金銀氣莫怪當年逐臭夫

車去如飛大道邊小紅樓下數車錢挽車人亦多情者曾在
此樓樓上眠
未必人爭雪月光大家齊著素衣裳是誰不入時人眼慘綠
愁紅尙豔妝
一片箏琵響震霆梨園舊曲盡飄零雙鬟儘有人如玉不稱
旗亭貰酒聽
湖海流傳綵筆工騷壇百尺儼高空可知一片寒林石不在
隨珠卞璞中

乙酉上元時寓滬上

海上方多事新年又上元煙花六街滿兒女萬家喧作客無

佳節憂時有罪言餘生衰病甚何處問桃源

來雲閣詩卷五終

來雲閣詩卷六 附

上元金和亞匏

壓帽集

美人香草胎自風騷漢晉以來不廢斯體香匳疑雨彌揚其波余生於江東金粉之鄉不無俗耳箏琶之聽籠花心事中酒風光當其少時好爲綺語雖司勳明知春夢而彭澤難諱閒情竟刪風懷自慚情僞特恐爲方袍幅巾者所呵故別而存之歐陽公之言曰酒黏衫袖重花壓帽檐偏余極愛誦此二語因命之曰壓帽集

閒情二首爲秀姑作

春風輭帳換銀繒小婢多言意最憎昨日菱花妝鏡側瞋郎臨睡不吹燈

紅閨起早怕郎知爲浣羅裾向碧池出手暗瞋春水冷柳陰逋髮立多時

賦得黑牡丹有贈兼調孫竹庲

欲買胭脂已斷腸緇塵一例拜花王日高渾訝誰邊影風定纔知暗裏香祇有夢魂能解語更無顏色可添妝烏衣公子曾相識恰好雙飛入洛陽

旁人誰解惜花心買酒惟澆此夜深西子多顰愁黯黯楊妃殘醉恨沈沈樓臺五尺煙無迹池館三分月有陰道是江南

春第一休論魏紫值千金竹庥前眷一妓爲魏氏故云

鬢影

輕於蟬翼薄於鵶滴滴蘭膏颭颭花側欲成峯燈幌近疏疑隔霧鏡臺斜窺簾早與肩同露握扇難和面並遮況是上頭時未到春風吹處作雙了

唾香

一聲咳唾笑書空輕逐爐煙到下風漱盡薔薇知露冷嚼餘荳蔻想冰融病中略帶三分藥坐處常留五色絨經過口脂滋味好熏衣新染趙家紅

爪痕

唐錢越李未模糊彈指聲終色相殊鸞紙珠圓知戲印蠣牆花斷想慵扶蘭芽偷掐看來是瓜子重拈認得無佯怒也將郎額點不須鞭背似麻姑

頰暈

一片紅潮乍有情低眉此際定無聲戲言怒爲旁人起誤曲羞從背地生推枕猛驚前夕夢拈鍼瞋喚小時名凭肩若許輕偎倚微熱休猜是薄酲

釵色

玉柔金嫩一條條背後看來亦助嬌禮佛欲攙花朵顫避人還裹鬢絲搖爲燒高燭寒尤逼略漬香油膩不消便是綠荊

聊綰髻濤光無礙影蕭蕭

釧聲

隔簾何處送冬丁條脫因風響慣經春煖猜拳防姊覺夜濃
洗手賺郎醒敲棋猛逐移枰起學字低兼放筆聽第一消魂
紅燭底帳鉤微觸玉瓏玲

衣紋

春風稱體著衣裳百樣横斜百道香襟角皺緣郎抱慣袖頭
涴是婢扶將篝籠熏久煙皺碧柳桁收遲露暈黃曲折不關
鍼線迹幾回摺疊鏤金箱

韈塵

弓樣紅綃手自提些些玉屑惱文犀多因拜月黏苔垢半爲看花惹薺泥立露生憎浮處溼背燈想到撲聲低鞵尖裙衩三分地蝴蝶飛來莫也迷

只是

蛾眉親見過江行料理愁中了此生只是人前無語別至今心事不分明

惆悵詞十二首

苦憶通詞第一遭親攜小妹買櫻桃娟娟紅日和人影剛比垂簾一半高

薄暮誰家學繡歸洗車秋雨正霏霏扇紈爲報難遮蓋已溼

紅練背後衣

風流放誕杏初胎小閣臨街放鏡臺若是橋邊還賣酒便當
一日一回來

自從門鎖綠楊津滿路東風不算春每過紅樓還記著小時
飛燕想成人

有客傳聞近事多就中一事更悲歌爲他忍淚無言處不待
聽箏喚奈何

錯住紅塵蘇小家一年銀漢又歸槎寒梅不是搖錢樹收拾
殘妝已落花

從此懨懨病不支如今況改舊丰姿春陰三月迷濛雨都是

楊枝待死時
說有情人已誓釵六張五角事難諧黃金臺子今何在要買
蛾眉骨去埋
平生事事易回腸不問何人已暗傷況把小姑居處說曾經
留意到東牆
更無妙手挽迴潮此恨惟憑濁酒澆悔不當時明月下自通
名姓是文簫
眼中祇見此傾城醉夢難禁太息聲爲問身旁窮鬼意底教
紅粉不聊生
替寫冤詞愧未工卻將心事視天公美人顔色才人筆莫再

虛生苦海中

贈韻孃二首

臨邛消息斷知聞五載相思到十分今夜萬家燈火裏卻從巫峽見殘雲

愁風愁雨小花枝已似徐孃半老姿我較諸君多眼福上頭親見試妝時

調香窩

翠樓人散燭花深移過秋蘭爇水沈盡下繡簾慵看月理簫難問此時心

即席題畫月季扇

乞取蓉城不散霞初三下九總開些江南那得無蘭菊風月常新是此花

再題百花障子

春來幾箇好黃昏曾幾番寒不肯溫怪是百花無氣力被風欺盡受風恩

贈影孃八首

青溪南去板橋東十里簫聲盡下風記得相逢剛一笑滿船明月水當中

五尺雲鬟亂未梳初三下九簸錢餘如今似解愁中事不愛彈箏不學書

玉寒珠瘦莫輕論秋水春山綽約痕當作海棠燒燭看更無
香處更銷魂
葳蕤深鎖一分春絮果蘭因總後塵珍重千金好聲價莫教
錯認乞漿人
聞香有意對風來休作閒蜂浪蝶猜杜宇一生愁萬種春心
也逐好花開
未免輕狂不老成從來我輩最鍾情願將萬斛梨花酒錦瑟
旁邊醉半生
拈花我欲證維摩去日風情減已多萬里平沙一草子爲誰
從此不銷磨

香燼燈昏月照帷近來有味是相思明知事後皆春夢奈是沈酣未醒時

影春詞十六首

治葉倡條盡下塵揚州没箇可人人枕邊細數年時事花影中間一片春

畫船初次倚闌干暗背紅燈子細看覷破狂奴狂太甚對人一笑擲輕紈

聞說樓居敞綺筵橫來作客費夤緣論年我少眞僥倖得旁金釵坐一邊

有意來敲雨裏扉扃舟須待晚晴歸秋天漸覺新涼重許借

生綃襯體衣

日逐相逢日逐親佩環漸欲近人身酒邊未敢深調笑暗結丁香更不瞋

爲是題詩露戲言低眉半日更銷魂商量直沒温存地難得賣花人打門

寒窗卯飲輭潮紅欹枕呻吟更怯風我自偷從身後睡替他扶住小熏籠

薄有猜嫌去未言强邀人至始開門近來三日無梳洗燒燭教人數淚痕

春病深深冷似灰殷勤覓藥雪中回香爐祗恐沈檀爇纔許

衾窩煖手來
錦褉深藏蟈蟈鳴春蔥略點又無聲問郎可有秋蟲福輭玉
懷中過一生
衆裏金尊厭笑譁暗通眉語出窗紗夜涼攜手看明月人影
如煙上落花
有約湔裙到肯遲曉鶯纔上綠楊枝猜郎此意渾癡絕祇爲
看儂未起時
踏青未倦早還家新買秋千屋半遮泥我來扶扶不上紅裙
壓任海棠花
紅兒理髮我凭肩兩面相看一鏡圓直到妝成始回首拈花

教插鬟旁邊

聞說劉楨富聘錢蔆花風急嫁人天如今應失紅閨伴不約

多言侍女眠

底事茶嬌都易醉而今柳小未成陰（此余前贈影孃聯句也）他年記取

停車認酬答驕花一種心

爲秀姑題小畫幅語皆本事八首

歡來隔簾立語作吳孃聲開簾卻見歡賺儂含笑迎　笑

歡知儂膽怯紿儂自歸房紫姑當戶立渾是白衣裳　嗔

小妹不解事見歡偎儂懷道歡來抱儂急推歡走開　羞

不肯催歡睡伴歡到深更伴去覓鍼線分明雙眼餳　倦

夜來歡夢惡曉聞歡戲言不覺儂意癡燒香多淚痕悲

臨鏡尙未罷歡自折花來難得歡心細枝枝都半開喜

憐歡夕夕醉替歡雙叵羅拌儂花下眠只防歡酒多醉

背歡食紅梨捧心眉暗顰對歡彊理箏怕歡來怪人病

寄朵雲

牽牛花底促晨妝此事思量太斷腸剛是與卿離別後早秋

涼信夜初長

爲伊

如花情重難爲別一別如花病幾時瘦盡吟魂曾不悔爲伊

直得費相思

惘吟四首

自別桃花恨萬千紅牆真箇在青天一條江水如腸轉兩字
春愁但口傳多故漸難通問訊此行方得遂奩緣誰知風雪
吟鞭裏薄倖遲來已半年

謝客年時尙懊儂況聞遠嫁出巫峯諗癡方種田中璧忍淚
初聽飯後鐘苦病不如眞死別他生誰見有重逢幾囘夢裏
相攜處從此槐柯路絕蹤

何事人前脫綺羅無端打鴨起風波故鄉不許鵑魂託小婦
都甘蝎命磨一種秋花憐急性三年春玉累微痾不知金屋
神仙尉可似書生體貼多

重買蘭陵酒細斟苦邀侍婢話更深去時門有香鞵印留下
箏無玉指音往事始知非分福伊前誰表再來心卽今滿眼
閒脂粉不值江湖賣賦金

大風雪抵瀨陽飲初蓉家卽贈

相逢淚眼更難開且破愁顏一舉杯昨夜吳船風雪裏見卿
猶是夢中來

倚紅本事詩八首

與金爭豔與珠寒眼下名花比並難芳譜爲卿商略徧最香
棠樹最紅蘭

娟骨無煩屬綺羅男兒薄福可如何若論判布平生願淚比

金尊酒味多（倚紅爲金壇良家子所天匪偶流寓瀨陽入平康籍非其本意也）

前生情種是琅邪得入蓬山便當家我亦散仙無賴者要來一飯乞胡麻

不近棋枰不理琴聽霜聽雨意沈沈儘他淡到無言處相對難禁護惜心

從來北里厭經行忽許將攜步月明曾是玉人鞵過處至今春土有花生

莫怪門辭俗客譁本來絮雪富才華偶然說出如花句慚愧書生應答差

誰將讕語報臨邛暗鎖春山欲惱儂一載入門歡笑慣者囘

初覺有嗔容

半生頳面走黃塵未必焦桐遇賞眞何幸芙蓉妝鏡下常垂青眼得伊人倚紅能讀相人書於余頗有期許余嘗贈聯云老我緇塵常失路多卿紅粉獨知音蓋紀實也

題佩秋女士倚竹圖三首爲嘉興沈書森瑋寶司馬作

月華風籟儘生疏盡日無人選夢初竹外水雲三百頃祇應分與沈郎居

近來深鎖翠樓春繞徑難尋畫裏人時佩秋有所避我已三生饞眼福當時親見玉精神

爲是卿癡我欲癡天寒袖薄倩誰知美人心事詞人夢同此蒼茫獨立時

即席贈琵琶妓四首

水樣春寒戰酒兵千條紅燭照花明推簾忽奏琵琶起此是教人醉死聲

豔歌未罷忽低頭聽不分明語太柔豈是有心邀顧誤最銷魂字尚含羞

不管江南客鬢華無端唱到月兒牙（金陵妓最善此曲）當時多少春鶯語柳色如今何處家

比花顏色惜花年金屋誰家好拂絃莫遣江州白司馬爲卿老淚對秋天

七夕感舊

縞衣如葉骨瓏玲，縱在人間亦獨醒。曾是倚闌拌醉處，與誰今夕數雙星。

題畫折枝天竹小幅留贈初蓉

雖然不似好花枝，也是瓏玲紫玉姿。寄語慈雲來往佛，替他調護暮寒時。

琵琶商調曲二十首爲繡平作（繡平工琵琶，不喜歌時人曲，謂其太俚，屬余撰爲雅詞，而又必老嫗能解者，但述本事，不得鑿空。余徇其請，於飲酒時命繡平隨舉意中語，稍以韻拼比之，繡平卽譜入琵琶商調，應聲而歌，技亦奇矣）

郎初見妾時，憐妾多淚痕。道妾生平愁，盡妾意中言。

妾自見郎後，知郎情最眞。敢作尋常語，看爲行路人。

妾心多少事事事不如意今日在郎前不能諱一字
郎如補恨天郎是妾憂草使妾自料理不得似郎好
蘭陵芙蓉花少亦千百枝郎乃獨采我此意妾能知
門前車馬喧貴客幾何許郎來如春風風外盡塵土
一從妾有郎妾飯知滋味一從妾有郎夜夜妾酣睡
妾生無酒腸郎苦勸斟酌與郎賭十觴小醉殊不惡
年年秋病生妾最憎藥裹感郎覓藥方停妝試爐火
夢遊火山南更至雪山北上天與下地如郎難再得
燕卵乃伏雞棗樹乃結棃江河向西流是妾離郎時
征帆乘長風郎行海東頭但祝郎早歸送郎無淚流

豈不願郎留豈不惜郎去郎身非閒人甯爲妾身誤
常常寄郎書不作相思語貪説妾相思恐招郎意苦
郎行日以遠春回郎未回旁人笑妾癡妾知郎必來
郎行竟不來妾亦不悔錯何曾郎心移自由妾命薄
郎行今果來去已一載餘知妾無狐疑有心不寄書
城中一萬人識郎有九千不如妾信郎語語鑄鐵堅
郎情重如山妾心止於水一日妾不死在郎魂夢裏
一日妾倘死死豈忘郎恩在郎襟袖閒從郎呼妾魂

來雲閣卷六終

（清）金和 撰

秋蟪吟館詩鈔七卷（卷一——四）

民國五年（1916）刻本

秋蟪吟館詩鈔

乙卯季冬 陳寶琛題檢

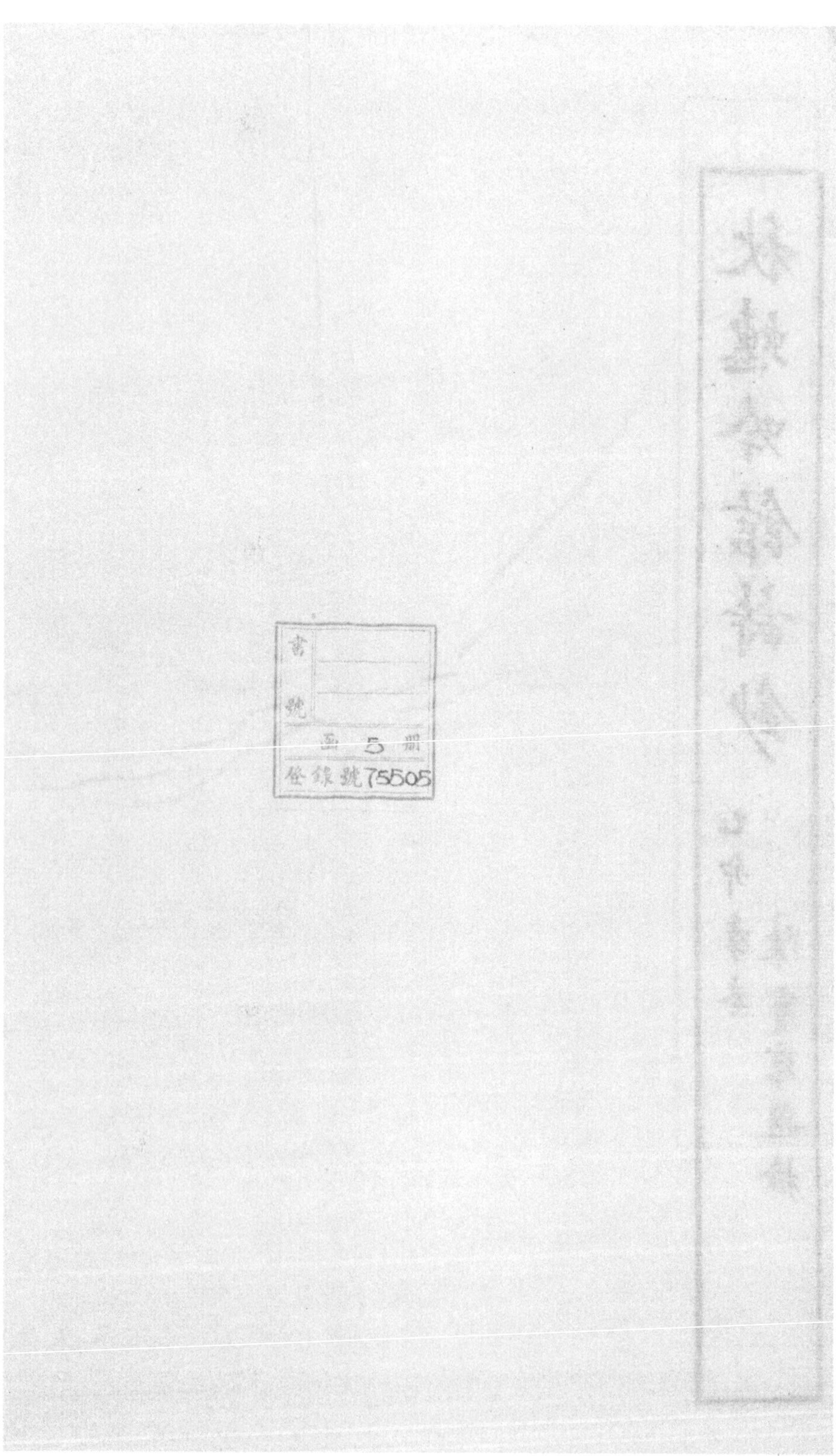
書號
函 5 冊
登錄號75505

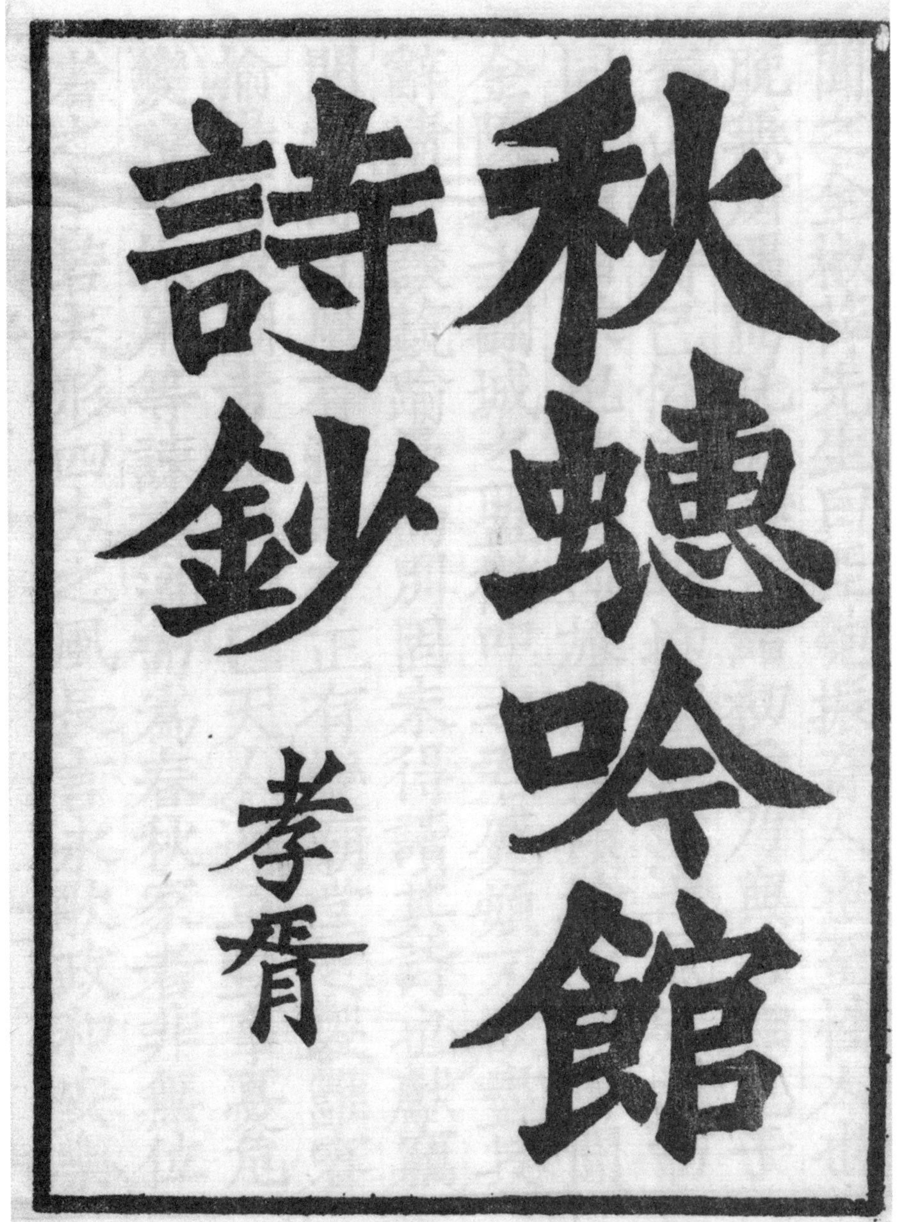

秋蟪吟館詩鈔

孝胥

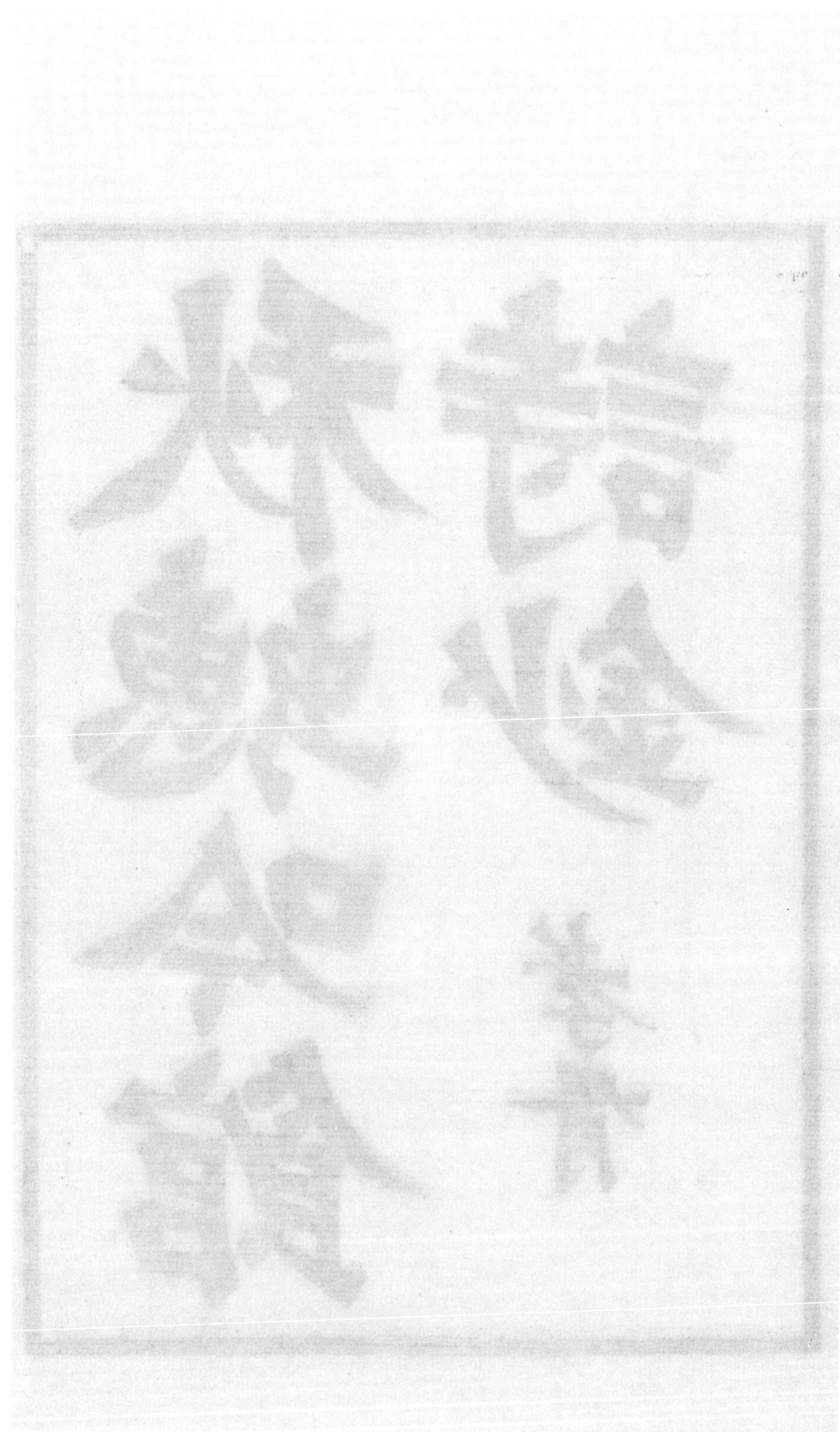
詩經
卷十

聞之全椒薛先生曰亞匏振奇人也至性人也晚無所遇而託於詩光緒初元乃與君相見于盋山君時已倦游少年抑塞磊落之氣殆盡而同氣猶相求也造訪逆旅密坐傾衿予益習聞金陵義士翻城之盟徽叩之君蹙頞不欲盡其辭清言談蓺踰晷而別固未得讀其詩也獻竊聞之詩有風有雅則有正有變廟堂之製雝容揄揚箸後嗣者正雅尚已天人遷革三事憂危變雅之作用等諫書流而爲春秋家者非無位者之事若夫形四方之風長言永歌政和安樂

者有之既不獲作息承平之世兵刃死亡非徒聞見而已葢身親之甚而式微之播遷兎爰之傷敗清人之翺翔黍離之顚覆不自我先不自我後則夫悲歌慷慨至於窮蹙酸嘶有列國變風所未能盡者亞匏之詩云爾大凡君之淪陷之鮮民之乞食一日茹哀百年忍痛情動於中而形於言於我皆同病也風之變變之極者所謂不得已而作也君終焉放廢不復能以變雅當諫書春秋紀衰亦布衣者所竊取君蕉萃老死不再相見今從東季符令君得讀君詩散佚

而後尚數百篇跌蕩尚氣所謂振奇者在是纏綿婉篤所謂至性者在是昔者羣盜窟穴金陵者十二年賢人君子出於坎窞予所識如田君鼎臣管君小異皆嘗雪涕嚼齒言當日情事如君之詩至若張義士炳垣尤曠代之奇烈獻追哀以詩差於君詩爲笙磬矣今者南國江山重秀再清風人涕淚盪爲煙埃而君已死不復歌舞爲太平之民然而君固達微之君子尚在人間猶將繼山樞蒹葭之音未能忘情於當世也

光緒十有八年歲在壬辰暮春之月既望譚獻

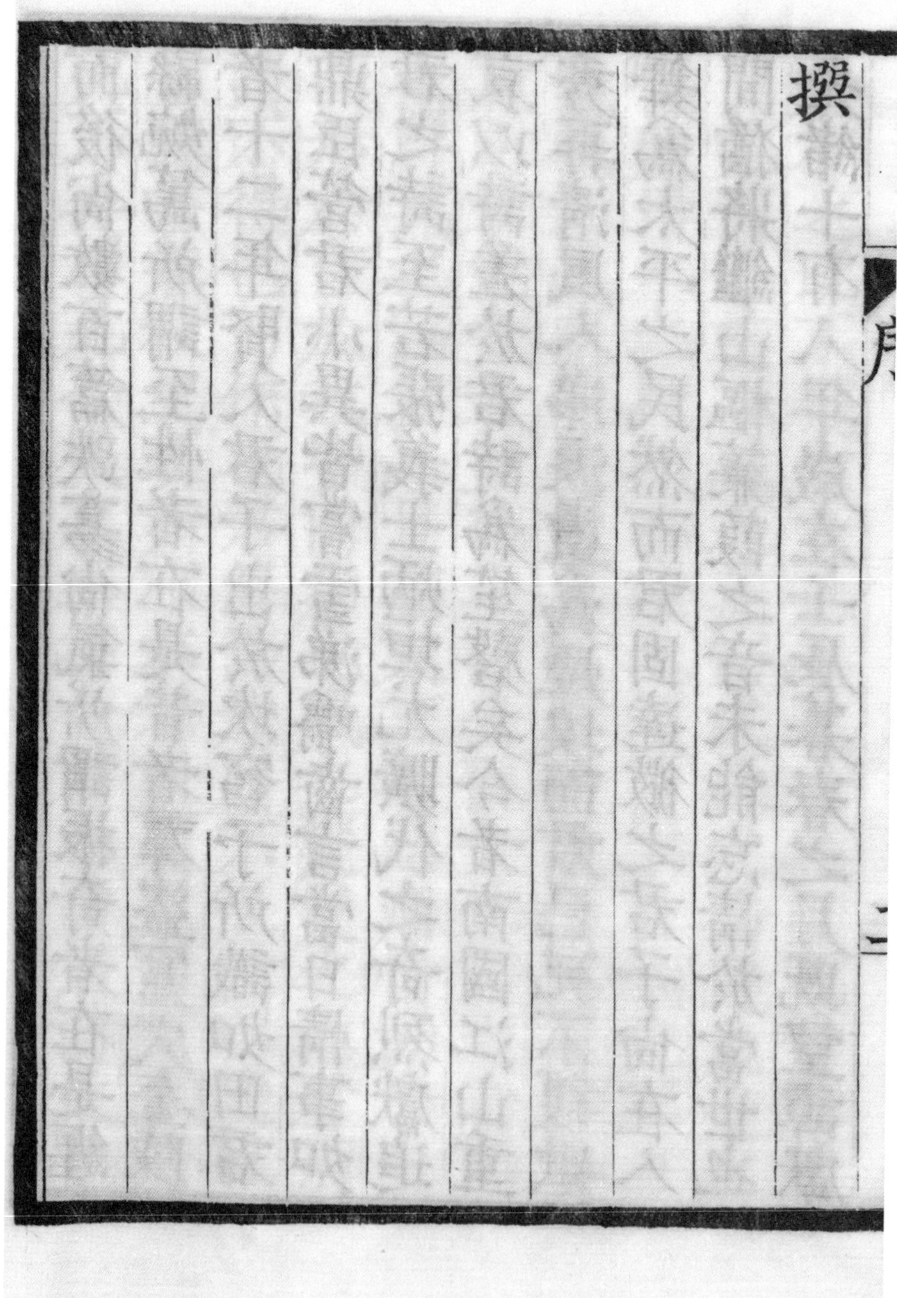

予年十五從寶應喬笙巢先生學爲賦先生手惜陰書院賦鈔一冊授予其間作者若蔡子涵琳湘帆壽昌楊柳門後周還之葆濂馬鶴船壽齡姚西農必成並一時之雋而尤以金亞匏先生和爲魁杓妥帖排奡隱秀雄奇融漢魏六朝三唐於一冶東南人士莫之或先予之知先生始此也時赭寇方熾先生支離嶺南半菽不飽出沒豺虎之叢獨絃哀歌不獲一奉手其後十許年予來江寧讀書惜陰書院與劉子恭甫唐子端甫秦子伯虞朱子子期亦以辭賦相角逐

如先生曩者與蔡馬楊周同而所作下先生遠
甚一日遇先生桑根師坐上先生年垂六十意
氣遒上如三四十人抵掌談天下事聲䶵䶵如
鉅霆得失利病珠貫燭照不豪髮差忒鑴呵矦
卿有不稱意者涕唾之若腥腐聞者舌撟不得
下先生夷如也先生出師顧予曰亞匏振奇人
也褱負卓犖足以濟一世之變而才與命妨連
蹇不偶嘗從東諸矦游矣亦無眞知亞匏者足
以盡其所藴世自失亞匏耳於亞匏何有哉予
心識之既先生中子還仍珠復從予游予乃以

得於先生者授之仍珠亦日有聲乙酉桑根師棄諸生未幾先生亦旅沒滬上科舉既廢辭賦遂同芻狗劉唐諸子並爲異物講舍且易爲圖書館矣每念先生與蔡馬楊周跌宕文史放浪山澤已如讀循蜚合雒諸紀若滅若沒罕有能道其端委者又獨聚散存沒之故足深人遐慕也耶今年春仍珠始以先生詩二冊附以詞及雜文乞予校定先生詩妥帖排奡隱秀雄奇猶之其賦也詞若雜文亦能攄其中之所得不同於凡近獨予童齔即知先生而遲之六十年乃

得卒業是編距與先生執手時又一世矣世運相禪陵夷谷堙先生既前卒不見桑海之變而予頹齡窮海顧景無儔於過去千劫太平三世皆一一躬丁之今且不知所終極讀先生是編忽不禁其萬感之橫集也甲寅立冬前一日金壇馮煦

敘

昔元遺山有詩到蘇黃盡之歎詩果無盡乎自三百篇而漢魏而唐而宋塗徑則既盡開國土則既盡闢生千歲後而欲自樹壁壘於古人範圍以外譬猶居今世而思求荒原於五大部洲中以別建國族夫安可得詩果有盡乎人類之識想若有限域則其所發宜有限域世法之對境若一成不變則其所受宜一成不變而不然者則文章千古其運無涯謂一切悉已函孕於古人譬言今之新藝新器可以無作寍有是處

大抵文學之事必經國家百數十年之平和發育然後所積受者厚而大家乃能出乎其間而所謂大家者必其天才之絶特其性情之篤摯其學力之深博斯無論已又必其身世所遭值有以異於羣衆甚且爲人生所莫能堪之境其振奇磊落之氣百無所寄洩而壹以迸集於此一途其身所經歷心所接搆復有無量之異象以爲之資以此爲詩而詩乃千古矣唐之李杜宋之蘇黄歐西之莎士比亞戛狄爾皆其人也余嘗怪前清一代歷康雍乾嘉百餘歲之承平

蘊蓄深厚中更滔天大難波詭雲譎一治一亂皆極有史之大觀宜於其間有文學界之健者異軍特起以與一時之事功相輝映然求諸當時之作者未敢或許也及讀金亞匏先生集而所以移我情者乃無涯畔吾於詩所學至淺豈敢妄有所論列吾惟覺其格律無一不軌於古而意境氣象魄力求諸有清一代未覩其偶比諸遠古不名一家而亦非一家之境界所能域也嗚呼得此而清之詩史爲不寥寂也已集初爲排印本余校讀既竟輒以意有所刪選既復

從令子仍珠假得先生手寫藁帙增錄如干首爲今本仍珠乃付精槧以永其傳先生自序述其友東季符之言謂其詩他日必有知者夫啟超則何足以知先生然以李杜萬丈光燄韓公猶有羣兒多毀之歎豈文章眞價必易世而始章也噫嘻乙卯十月新會梁啟超

金文學小傳

予既爲蔡君紫函家傳並刻其詩若干首既又刻金君亞匏秋蟪吟館詩蓋予因蔡君得交金君申以婚姻之好三人者朝夕見交相善也金君放情詩酒跌宕自喜近於狂蔡君束脩自好近於狷予碌碌無所短長不敢望兩君萬一而兩君顧不棄予蔡君甫補官而没金君不得志亦潦倒而亡今獨余存耳後死之責予不敢忘於是又爲金君傳案君諱和字弓叔亞匏其別字也行三亦上元人增生父某早卒母教之嚴

君遂能自立以學行聞於時尤長詩古文辭操筆立成不加點時藝才氣壯盛不拘拘一格長篇滔滔千餘言短或寥寥三數百言終不求合程式用是擯斥終其身好聲色狎妓縱酒一飲輒數斗同坐不能飲者百端說之必盡醉乃已癸丑江寧失守陷於賊衣短後衣與賊兵時轟飲醉則雜卧酒甕側相爾汝因此頗探悉賊情久之遂與結納謀内應諸生張繼庚著其妻從弟也亦陷賊中與君合謀君既與賊稔出入城闉無所問時向忠武駐兵城外遏賊鋒軍容甚

盛君孑身叩營門以情告未諾遽慨然請以身質時君家猶在賊中也使人潛與繼庚約從之者頗衆既定期官兵不至再約又不至賊遂知備城閉樹竹木爲柵其黨斬關不能出爭上城殺賊賊大至殲焉君以爲質得脫君妻亦棄其女攜姪女潛出城往依外家於全椒時蔡君在丹陽糧臺糧臺委員某因蔡君求爲二子師君應聘至丹陽糧臺總辦觀察高公雅重君留逾月及之館某不能窺君所學有違言君遂辭去當陸公建瀛之總制兩江也嘗延君課其子鍾

江讀鍾江時宦粵聞君耗遣使來迎君挈眷至廣南已而鍾江卒於官適關道某公京師來用蔡君薦禮君爲上客幕中事一以畀之至則皆立辦兵刑錢穀洋務不學而能江南平攜家以歸出橐中金縱博在粵時館穀豐腆至是揮霍殆盡復出遊希所遇予方宰鎮海迓之來趣自定詩文槀成蘭陵女兒行一篇唐觀察景星自滬具函來招君觀察粵人知君才時辦招商局欲倚以集事也自是留海上者有年至乙酉秋而沒次子還舉於鄉君及見其報捷云子三長

遺廩生妾汪出優於才而不事生產有父風次
還爲予女夫嫡張出會試挑取謄錄以知縣用
三閏通妾鍾出幼聰穎鍾教之讀甫五齡能背
誦唐人小詩一夕病忽仰首曰舉頭望明月低
頭思故鄉君訝其不祥未幾果夭君在糧臺時
一日過蔡君求友蔡君曰此間惟東某可交耳
自是與予密略如蔡君蔡君沒君爲序其詩反
覆太息於蔡君之窮慨其文之不傳於後而僅
僅有此詩今君宿草已久舍此亦無以見君矣
則君之太息不平於地下者又當何如而謂予

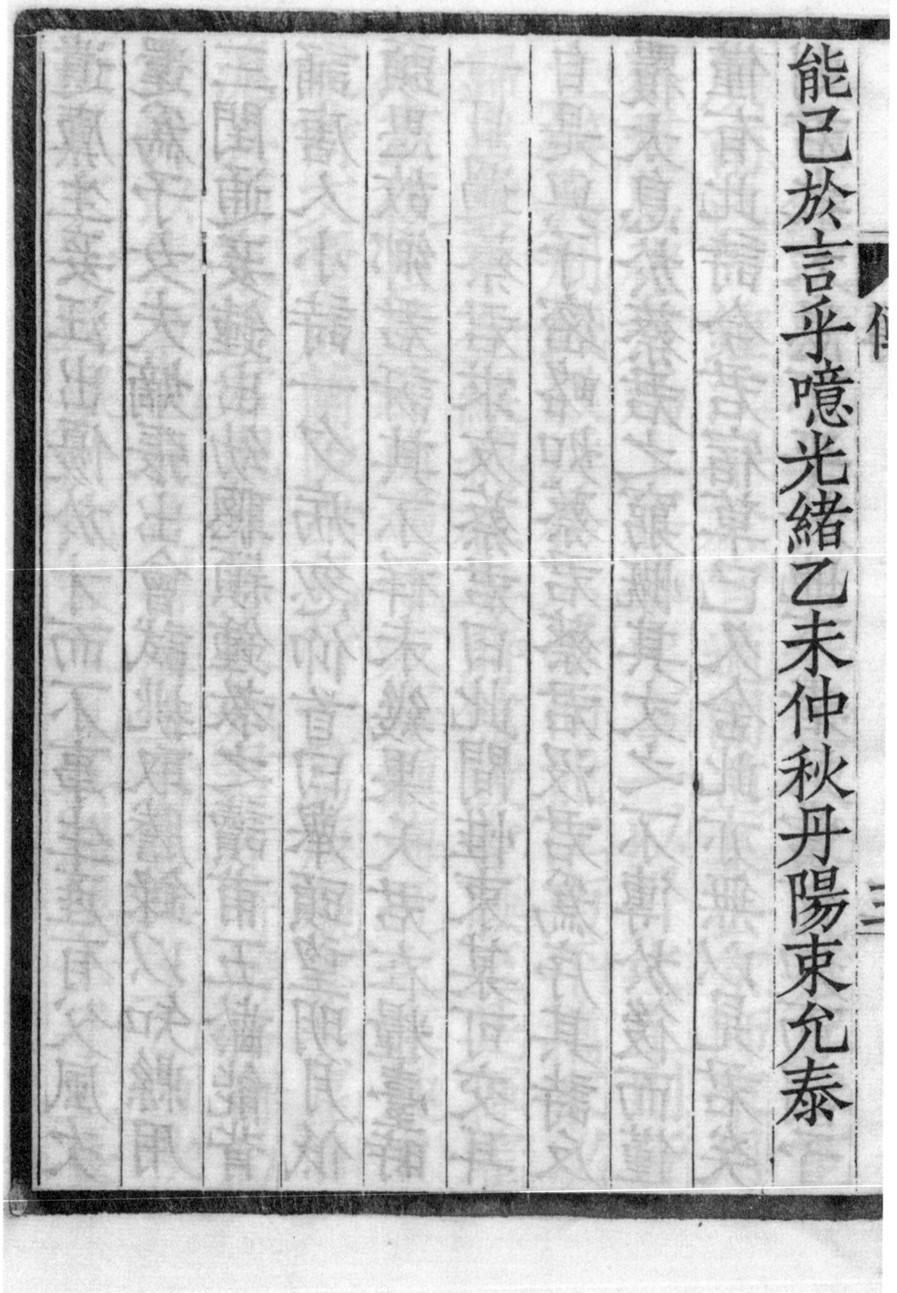

能已於言乎噫光緒乙未仲秋丹陽束允泰

秋蟪吟館詩鈔卷一

上元金和亞匏

然灰集

余存詩斷自戊戌凡十五年至壬子得詩二千首有奇癸丑陷賊後倉黃伺閒僅以身免敝衣徒跣不將一字流離奔走神智頓衰舊時肄業所及每一傾想都如隔世而況此自牵胸臆之詞乎顧以平生結習酒邊枕上或復記憶一二輒錄出之然皆寥寥短章觀聽易盡其在閎裁鉅製雖偶

有還珠大抵敗鱗殘羽情事已違歌泣俱非欲續鳧脛祇添蛇足而已故不敢爲也久之亦得若干首昔韓安國之言曰死灰不能復然乎余今之寵余詩則旣然之矣知不足當大雅抑聊自奉也因名之曰然灰集

雜詩之一

瀚海路雖廣其爲南北岸必有地在焉人自望而歎恒河沙雖多其爲億億萬必有數在焉人自短於算所貴爲其難大力鮮疑憚盟以金石

心百歲如一旦縱無速化期所得亦過半世有
眞勇者當不謂河漢

余舊詠始皇有句云功罪一家都是火益
焚山澤政焚書兄荷生聞之曰政非益
子孫也復作長篇解之

唐虞有五臣出身皆草莽上帝監其德迭以天
下獎益爲臯陶子嬴姓大功兩姬籙旣漸衰秦
受命如嚮用兵數百年勠力作君長六王已鯨
呑乃忽設奇想欲盡愚黔首默默聽刑賞畢收
前聖書一炬入羅網諸儒並阬之寃魄訴泉壤

禹湯文周孔怒排惡氛上翩然來帝旁乞罪意鞅鞅謂彼無道秦流毒及吾黨帝顧益曰吁禍實自汝昉當時烈山澤火官汝所掌子孫竊餘燄敢作此魍魎益拜手對曰臣宗久被攘今茲虐者政遺體是奸駔春秋典臣祀非類臣不享帝儻降之罰請以龍族往赫赫赤帝子火雲起芒碭

送葉生之廣西

諸葛垂大名小心僅自許唾面必拭之婁公怒其語由來謙與謹君子擇所處生今初出門萬

里通縞紵詩書家教深少小富才諝豈至大紕
繆與世甘齟齬所恐氣太盛隨事作豪舉羣兒
齷齪多揮叱本易與坐此膽愈麤一旦賢者拒
相輕不相下乃以儆名汝戒雖懲覆車謀已羞
越俎徒令夔憐蚿何曾蛩負駏慎哉心貴平矜
躁萌務去但使交遊閒人人如飲醑方寸淸不
淆直節豈消沮匪曰常畏人而爲厠中鼠匪曰
以柔全而爲市門女

題陽湖孫竹庲廷鐮詩稿

盡數寫六書只此數萬字中所不熟習十復閒

三四循環堆垛之文章畢能事茍可聯貫者古人肯唾棄而以遺後人使得逞妍祕操觚及今日談亦何容易乃有眞壯夫於此獨攘臂萬卷讀破後一一勘同異更從古人前混沌闢新意甘使心血枯百戰不退避一家言既成試質琅嬛地必有天上語古人所未至觀君生平詩將無持此議奇想入非非奏當即老吏古人見亦驚不盡鬬腹笥彼抱竊疾者出聲令人睡何不指六經而曰公家器

贈楊鴻卿 子新

治病如治國政便風乃暢勿束若溼薪而挾以
冬纊庶幾恩所馴弱者神不喪解此以用藥良
醫即良相治病如治兵計決聲乃壯勿待設三
覆而急鶩兩廣庶幾威所震强者志不抗解此
以用藥良醫即良將我雖不知醫此語或非妄
昔惟石麓翁每洞見腑臟鏡懸無遁情到必立
懲創次則石年子亦辨膏肓尚斟酌淺與深引
之衢尊釀操術不甚同兩人固瑜亮所惜無長
生先後神仙葬自餘齷齪者言大力弗償大抵
志衣食虛名得眞浪君好古文章餘事岐扁訪

既傳家教多更負夙慧況善讀雷丸名妙解蘿
蔔唱或以意爲之肯受古人誑奇想縱非非奪
命豈嫌掓自從肺附來羸體得保障頗巳呼陽
春應手總無恙要非盤而錯尚未識心匠去年
婦產難子欲與母妨四日始免身半步即墟壙
其時方奇寒鑪竈不足仗禍根坐此深積血憑
氣張邪魔更乘虛咄咄怪鼓盪歧中又有歧作
病日千狀呻吟意都慵待死卧紙帳諸醫各獻
技手棘膽敢放陳陳語相因萬都無一當叩門
乞君來在三月既望徧問諸醫方大笑天屢仰

盡撥浮雲談乃覓金丹餉一投痛始蘇再投色
巳王三投衣脫絲四投飯加盎如過大庭庫猛
火燒其藏如觀瓠子河大風卷其漲如登珠厓
山烈日銷其瘴前後兩旬間披靡藥所向陽陽
平常如忽忽痼疾忘始知能者能十全都上上
於古將相才君定不多讓用此活世人陰德胡
可量我謀酬君貧家貧物無長歌詩聊贈君君
樂聞焉儻

棄婦篇

威鳳不逐凰大鴐不辭鴦如何人間世乃有棄

婦郎妾初嫁郎時妾年才十六郎眷妾如花妾
倚郎如玉郎貧妾工織郎病妾解醫郎飲妾貰
酒郎讀妾寫詩妾是草下泥郎是泥中草自為
郎心堅不關妾貌好秋雲上郎面秋風生郎懷
郎意妾知之勸迎阿妹來妾恐郎不歡事妹如
大婦郎怒妾無禮事妹如慈母阿妹喜膏沐妾
進黃金釵阿妹倦鍼綫妾製紅羅襆阿妹善事
郎願郎勿嗔妾郎身重如金妾命薄於葉郎尋
遊京師妾與阿妹居五月使人來有迎阿妹書
聞郎擢南宮水部官已貴妾辦阿妹裝十日不

曾睡阿妹遠隨郎堂有卧病姑姑病頗憶兒妾勞當代夫朝調姑飴錫夕煑姑湯藥姑生縫衣裳姑死備棺槨姑死無一人姑死無一錢家信斷已久阿妹行四年手寫姑遺言辛苦寄郎處郎將阿妹歸逐妾出門去郎親與妾語昔是姑在時如今姑已死留妾復何爲妾思郎舊恩願與孌婢齒郎知妾無家欲妾爲匃死回頭哭向郎阿妹與妾殊阿妹似欲哭莫亦疑郎無

花朝孫竹庲全椒吳次山西賡招飲青溪酒樓大醉明日呈二君兼調含山慶子

元光亨

百無一勝人與酒作生活長貧吟亦懶乘醉或塗抹昨日歸閑門巾服巳先脱壺酒雖日設局促在閨闥忽飛片紙來卒讀胸宇豁向婦喜欲顛去如箭辭括酒旗遥招人入坐燭未跋一升纔解饞三升愈流沫五升浣俗塵勢乃不可遏腸輪與眉鎖一一化轇轕四旁初無人狂語任歕潑須臾月漸上暮雲墨暫撥靈娥色最媚愛極不忍喝獨恨天太寒冰雪虐勝魃緋杏欲笑柎黛柳尚髠柟春風御者誰呼之合鞭撻安得

羯鼓催唐皇妙旋斡此時飲尤豪銀漢巨鯨鱍
興盡方還家倒提竹燈箸天忽作急雨菜圃泥
滑澾行人頗倉皇我頭呼咄咄今日花生辰芳
信定上達或者江以南東帝舍偶芟列僊辦供
帳琪果隨意捋莤酒頗不醅新釀等粗糲既進
上壽觴帝意病其辣香案怒一推下界流瀸瀸
輕雷故驅馳略助帝呵咀諸君試齅之撲鼻尚
餘馞儻許乞涓滴我欲拾而掇諸君知我醉窘
步扶躄躠入室紛喧嘩纔知反著襪老母促我
睡默默婦蹙頞本來米汁禪有此醉菩薩不知

何人言逆耳強相聒謂酒能戕生代女心震怛
伐腦餘黃膠潤吻無紫葛他時悔則晚何如愛
早割我道窮愁中萬事付茅莧鳳癡嚇避鵷蚪
困誚任獺放眼緇塵迷齒冷不勝齾惟與麴生
交此慶同釋褐吾師劉伯倫墮地受衣鉢區區
歡伯歡胡然更抹撥勞薪擔方重酒詎能天閼
況吾生百年駒隙竊芻秣有如生且病中歲患
消渴有如病且老晚飯不盈撮有如老且死黃
泉悲道暍雖復酒如澠何關一毫末及此來日
長敢不自振拔諸君如達觀酒泉勿壅堨寄聲

大戸人量常海樣闊不信温柔鄉輕把醉鄉奪子元自納姬後屢辭客飲是夕招之又不至

正月二十九日作

去年冬不寒朔雪匙飛絮斗水值三錢青溪盡泥淤老農防旱荒方抱無麥慮誰知元日來雨師忽叱馭愁霖兼三旬紅日不掌曙有時雜雹珠虐更北風助儆裘都失温酒壚苦蹲踞弱柳欲吐金縷縷挂氷筋菜畦撥凍泥韭芽未可茹鶯澀偶一唬衣薄詎敢蓋江南好風月不知在何處奏章問東皇底事耐冷署天上儻春多於

意更不恕韶光雖九十一月太息遽頗似我生平少壯愁中去

題兄荷生雜詩

先生姑妄言之耳如古所云則謬矣六合以外千秋前安在奇聞不如此賢姦萬輩寃獄多一二大略在青史鑠金糞玉歧中歧誰能曲折寫諸紙苟有得於當日情欲决黃泉問枯鬼至於淫沴氣所鍾百怪甘人角而齒禹鼎一一雖鑄之腥穢肝腸恐未死其間亦各能語言但我不及解而已悲來忽作荒唐詞哭向蒼天眼無水

欲將此意振聾瞶先生听然笑曰止

蘆花衣

有蘆有蘆在江之濱有蘆有蘆在兒之身蘆花蘆花兮衣未寒母賜兒衣母恩如山儻是蘆花衣也無兒行履霜骨已枯

瀨水金

瀨水寒上有麥飯一簞瀨水深中有千兩黃金金兮金兮投女瀨水贈奇女子女子生平最知已路上相逢爲我死投金敢謂報前恩謂我如今果活耳

紫荆樹

兄弟散紫荆爛兄弟合紫荆活紫荆紫荆兮有神意竟與人家兄弟事春風徧地紫荆花榮枯爭不似他家

十疋絹

一疋絹臣所愛十疋絹臣所愧絹兮絹兮顔色好十疋賜臣何太少臣受絹歸臣罪深堂前有客至十萬斤黄金

丹陽舟

朝遊丹陽江丹陽之江使人愁暮遊丹陽江丹

陽之江使人憂一旦忽逢載麥舟舟兮舟兮今贈客矣舟麥有時盡客貧方未已客再貧時非范公兒慷慨者誰

燈籠錦

芙蓉錦太綠海棠錦太紅不如織錦成燈籠錦兮錦兮來路遠送與深宫舞春晚如今入宫拜昭儀不是村裏同居時故人新貴矣那容錯投贈縞紵雖輕相公罪譴

落花歎

花魂逐風行香去紅猶在吹落綠池塘盡力作

姿態誰家別隝有花開今日夕陽人不來

送春詞

鄰家姊妹留春住兒家日日催春去起來酹酒楊花中暗彈珠淚隨東風但憑一路鵑聲裏送春直過黃河水替兒夫壻脫寒衣明年莫在人前歸

題績溪方石湖 鍾 按劍圖

丈夫按劍未一言怒已有聲到牙齒世無血性雖男兒搶地自知罪當死回頭大笑不屑殺若輩人閒雞犬耳佞臣舌與貪臣頭乃欲上書奏

天子時乎未來且飲酒君少而狂氣如此只、今白髮漸星星早已中年雜悲喜鄉里庸奴俳謔之誰信酣歌舊燕市摩挱此劍復何用鐵鏽成花鋒鈍矣我生雖後君十年綺歲才名去如水棄書敢說俠腸熱紅塵誰爲刺窮鬼見君此圖欲一鳴如今吳越兵方起封侯骨相儻無種更與君摩滄海壘己亥之冬君嘗假職守舟山百日今海疆又不靖矣

詠史三首

張儀始見蘇君時堂下草具不敢辭儀無能爲亦可知如何入秦自縱之詭哉詭哉此張到感

恩請用不言報蘇君既死儀尚生前日之短一時暴世無王者姑合從於六國時差有功横人實滅六國耳傾險誰謂儀秦同蘇君惡聲靡不有我道蘇君乃自取當年何不拔其舌詐者猶能相秦否

王孫鍾室曰寃哉陳豨私語何從來當時架空造此獄酇侯呂后實禍胎沛公臘巳高野雞終篡漢故知絳灌易與耳留侯曲逆尤黨亂孤忠獨有此少年必誅産禄首爲難功臣各就封第一蕭先曹國士無雙由我薦今獨王楚功尤高

雲夢之禽未快意所忌不殺非云豪內外畏其
才淮陰不活矣歌風更有將將者聞之且憐亦
且喜藉告天下士莫恨無知巳有知巳所以死
癡人乃說商山碑謂是惠帝書賜之至竟四皓
其人誰曰無其人亦武斷曰有其人胡事漢大
抵有其人來者則非眞留侯僞飾四老者教以
言語欺其君高祖本無廢盈意見此衣冠尤短
氣殿前指示戚夫人聊塞夜來酒邊淚如意既
不立四老歸釣屠呂雉感其恩厚賜無時無否
則殺之以滅口陳平陰禍亦有餘

陳忠愍公死事詩公諱化成福建人官江南提督壬寅五月英人入吳淞江公死之

千聲萬聲敵火急火光照海海水赤將軍一人當火立衆人爭請將軍行將軍竟行誰守城棄城而去何顏生此時欲戰兵已潰敵則能進不能退除死以外更無計一火忽中將軍肩崇臺百尺灰飛煙英魂烈魄上九天將軍雖死抱餘恥殺敵方能報　天子臣功在生不在死今以一死蒙　恩深　褒忠猶自傾　綸音是臣之節非臣心

圍城紀事六詠壬寅英夷犯江之役也

守陴

將軍德珠布突遣追風騎九城之門一時閉江甯凡十三城門其四久閉道有訛言江上傳今夜三更夷大至此時行者猶未知須臾聞說皆驚疑入城出城兩不得道旁頗有露宿兒平明馳箭許暫開沸如蠅集轟如雷土囊萬箇左右堆羊腸小徑通車纔老翁腰閒被刼財脚下蹴死幾幼孩村婦往往踣墮胎柳棺摧拉遺尸骸摩肩擁背步方跛關吏一呼門又鎖繞郭聲聲痛哭歸頭上時

飛洗礮火

避城

事始於六月八日時夷尚未陷鎮江

海上逃人言鑿鑿夷於丁男不甚虐惟與婦人作劇惡比戶由來皆大索城中兒女齊悲號四鄉一一謀枝棲尋常家具邀人齎腰纏浪擲輕如泥誰謂鄉農亦稱霸百金纔許蝸廬借瓢水束薪珠玉價釵鈿裙襪奪之詐稍不如意便怒罵搶地無言但拜謝道來此閉已被赦不見鄰婦頭髮鬖鬖無錢能賃香筍籃膝前有女年十三中夜急嫁西家男身攜布被居茅庵

募兵

城中舊兵不如額分守城頭尙無策何論城下詰暴客市兒反側頗接迹一旦招之入軍籍朝來首裹青布幘細襻革鞾靿盈尺黑衣蔽腹袖尤窄堂下羣鵶立無隊或舞大刀或磔石取其壯健汰老瘠九城纍纍保衛册時分城內爲九道晝坐當門怒眼赤大聲能作老梟嚇惡匄往往暗禱䰟夜出走巡街巷栅火光燭天月不白木梃竹鞭在肘腋時鄉兵不登城兵器皆以竹木爲之取足衛身而已吠犬無聲都辟易一人日與錢一百勤則有犒惰則革借

問誰司鼓與鉦居然高坐來談兵百夫長是迂書生主其事者大都吾輩而已

警奸

西北諸山火星墮都說城中有夷夥中夜能爲夷放火大吏責成縣令拿縣令責成里長查何人野宿蹲如蛙搜身偏落鐵藥沙時首獲郭犯身有鉛藥數丸或曰郭固官項匠藥其所宜有也邏者見之喜且譁侵晨縛送縣令衙縣令大怒棒亂撾根追欲泛河源槎叩頭妄指讐人家一時冤獄延蔓瓜從此里巷紛如麻人人切齒瞋朝鴉平日但有微疵瑕比來

盡作虺與蛇往往當路橫要遮道旁三老私歎嗟平原獨無董事恥時司九城保衛者皆謂之董事昨日亦獲瘦男子大抵竊雞者賊是

盟夷

城頭野風吹白旗十丈大書中堂伊前協辦大學士伊里布在浙江時爲夷所感服故以此綏夷天潢宮保太子少保宗室耆英飛馬至奉旨金陵句當事總督太牢牛鑑瘖不鳴吳淞車債原餘生九拜夷舟十不恥黃侯署江甯布政使黃恩彤自分已身死十萬居民空獻芹香花迎跽諸將軍將軍掩淚默無語周自請盟鄭不許聲言

架礮鍾山巔嚴城傾刻灰飛煙不則盡決後湖水灌入青溪六十里（皆當日奏章中語也）最後許以七馬頭（粵閩江浙許夷交市者凡七所）浙江更有羈縻州（浙江定海縣許夷僑寓一年）白金二千一百萬三年分償先削劵劵書首請 帝璽丹大臣同署全權官（盟書首 帝寶次其國王印次諸大臣押次其酋長押其酋長署銜曰全權公使）冒死入奏得 帝命江水汪汪和議定

說鬼

三大臣盟江上回侍從親見西鬼來（江南俗稱夷曰鬼子）白者寒瘦如蛤灰黑者醜惡如栗煤髮卷批耳

髭繞腮羊睛睒睒秋深苔言語不通惟笑哈高冠編篾笠異臺氈衣稱身無翦翦裁漆韅綠滑琉璃杯短刀雪色銀鎧鎧袖中礮火花銅胎鏡筩五尺窺八埏寸管作字鏤纖埃口銜菸葉紅不灰長壺斟酒鵝黃醅聽者不覺心顏開有塔高矗南山隈鬼官日日遊相陪父老奔走攜童孩隨行飽瞰歡若雷居然人鬼無疑猜亦有賤騃眞奴才何樓儈貨欺癡獃竟買小舟樹短桅船輪要看火燄推晚歸向客誇多財雙鳳鸞環錢百枚夷市物所用洋錢背多鑄雙鳳與向來流入中國者異

雪後與慶子元吳次山飲村店放歌

萬人冷眼看塵寰天空地闊無援攀報恩閒殺珠與環愁城有劍憑誰刪昨夜瀛海諸仙班戲翦雪花散帝闕雨師風伯緣爲姦乃以人命相草菅奇寒中人百體轘九天不計窮民瘝令我瑟縮扉居圜惟酒可作贖罪鍰夕陽紅上城南山鴉聲一一從東還酒旗遥在黃蘆灣茅龍小店遠市闤到來休問囊錢慳三斗入腹披狐豻酒亦奇才非等閒竹中調笑黃梅斑舉頭瞋見新月彎停車歌之傾城鬟此時豈畏羣兒訕但

恐一醉髮已頒生來駿足難韁閑死便埋我青山間千秋化石應不頑我語雖狂非厚顏

苜蓿頭

苜蓿頭斜陽低苜蓿頭腹中飢我呼苜蓿來其人面目如黑煤身有敝袍脚無韈是男是女相疑猜試問何太苦不覺淚如雨自言今年已十五去年喪父兼喪母千錢賣作童養婦阿姑畜之如畜狗秋天日斫柴一航冬天日拾糞一筐春來苜蓿可作菜掘之使到城中賣每日須賣二百錢歸家許食萊菔饘錢多不加一勺饘但

缺一錢與一鞭此菜一斤四錢耳賣五十斤方稱是力小還須去復來出城入城二十里昨日缺錢晚未食今日强行更無力菜葉行巳枯一錢仍未得我呼家人急賜飯叩首當階呼不願願人盡買菜青青但不受鞭餓何怨餓何怨鞭不支且進飯休涕洟汝言未終我心碎復與百錢喟而退吁嗟乎童養婦前生讐童養婦終年囚童養婦水中泅童養婦火中投君不見苜蓿頭君不聞苜蓿頭

祀青溪小姑神絃詞

玉簫聲輭春雲流青天尺五香煙浮綵旗忽下黄粟留靈之來兮落花急苔徑無塵酒痕溼水邊樓閣宜垂楊兒家夫壻多離鄉小姑莫更愁無郎 迎神

綵風欲閃銀燭光茶煙斷處斜陽黄赤闌干下練衣涼靈之去兮畫船動春魚不躍浮萍重杜鵑啼徹無人行青山蔣侯姑阿兄何妨暫往過清明 送神

十一月十五夜作

昨夜有酒月未圓今夜月圓無酒錢平生敢說

酒星小月夜不飲非神仙豈但不飲非神仙夢魂定落愁城邊愁城一落不得出荷鍤眞欲埋黄泉東家老父新釀熟當時許我壚頭眠徃從貰之得三斗大笑自拍狂奴肩衝寒獨上西山巔此時下界無人煙酒杯在手月在天嫦娥中年我少年

入暮

入暮寒逾甚歸來掩敝廬濃斟女嬃酒（周氏姊饋酒一斗）細檢父談書（時方校先君子遺稾）霜重渚鴻咽風嚴城漏疏一燈兄弟坐炙硯小爐初

客有書來訊余近況者作此答之

來日方多事窮途豈死時平生不爲舌居世本如眉未賣書千卷常賒酒一巵愁中有佳趣報女此新詩

題慶子元白門訪舊圖子元家含山自其少時久客金陵壬寅六月夷人犯江子元先期歸既盟夷子元復來金陵因繪有此圖甲辰秋余始交子元出以屬題

作客江南好看花春復秋鬼兵能破膽鄉夢與回頭容易烽煙靜懷人起舊愁元龍湖海士天外又扁舟

如此江山在曾經蹂躪過只今佳麗地疑有惡塵多誰掬天河水夸娥與洗磨登高撫長劍來日定狂歌

十萬臨淄戶重來數暮煙縱無零落感總不似從前幾輩沙中燕誰家雨後鵑況堪楊柳樹顛頽板橋邊

休問當年事城居記被圍驚魂曾跕跕交睫尚依依爲爾檝重擊教余戈欲揮樽前且呼酒羞說淚沾衣

得慶子元書並惠酒資

君從千里外忽寄酒錢來爲是天寒甚教余笑口開去看霜徑菊今折隴頭梅三月相思意都歸此一杯

歲除日慶子元自泰興來已泊江上復歸舍山馳急足來報答此代柬

望君如望歲明日是明年江上飛書至知君已泊船忽聞中婦病重整故山鞭春酒遲君醉來看燈月圓

郊行見孤鴈感賦

薄暮方沽酒冬山淡夕陽風聲千樹葉雲意一

天霜孤鴈宿何處江南路正長竟如人影瘦零落不成行時先兄荷生去世七月矣

揚州客邸作

不慣揚州佳蕪城數暮鴉世情原會酒人意亦唐花客路江難縮秋林日易斜雲邊親舍近吾夢欲還家

秋夜

藤牀初睡起銀漢已低垂深竹潤如此野花香爲誰微雲來往處明月有無時夜夜人歸後秋涼一蟀知

燈草三十二韻

靡徑重搜草蘭成更賦燈吐芬依楚澤緘秀遠秦塍拂髮當風亂虬髯拂水澄秋航蓑與織夏館簟宜登有客循華渚隨時刈宿芳莎邊寨綽約蒲外束鬅鬙剝倩纖纖筍抽疑裊裊藤膜肥金褪屑心絜玉交繩弱綫誰搓絮長條此撚冰絲蓬鬆試綹弦脃猛休搄舁翦鉸纔便鑾箋裏略勝瓣香珍聘似下策火攻能院宇初昏後樓臺最上層銅盤呼婢挂漆几把書凭莖短濃敎漬膏深膩欲凝鴨爐紅燼逗雁檠素輝騰瘮縷

還嫌暗雙枝或待增挖珠調鼠覷挑粟惹蛾憎
穗定寒頻斂花攢喜漫憑影惟從月淡色早學
雲蒸遠志中常熱春暉寸敢矜龍耕煙自煖螢
化餤何稱得傍明星爛奚煩纈眼懲削松辭浣
女斷帶笑吟朋照夜光誠大餘芳事別徽楓掇
和雪落菌煮借霜凌眠硯柔欺錦摩牋滑勝繒
善防囊走麝替洗字譌蠅灰問新晴信湯消內
熱癥兜鞾輕到底欹枕輭無棱虎魄黏猶可雞
毛換未應纏來蘆管細分映燭奴曾

春星

東皇夜夜促鸞輧珠采金芒宿衛圓欲與月爭歡喜地尚無河阻別離天照花心事如紅燭種樹時光有綠錢斗轉參橫頻指點嫁人風景又新年

雨後泛青溪

青溪雨過溼濛濛畫舫輕移似碧空芳草生時江水綠春山明處夕陽紅橋邊帘影低迎月樓上簫聲暗墮風最是亂鶯嗁歇後卷簾人在柳花中

送慶子元之泰興

爲是窮愁意倍親青袍落魄對黃塵酒杯以外原無物詩本如今漸等身舉世茫茫常遇鬼出門惘惘又依人斜陽莫灑臨歧淚明日蘆花最愴神

初遊樸園

十分春色在柴扉眞悔紅塵插腳非一片鳥聲供勸酒四邊花氣替熏衣略添醜石山逾秀纔著疏萍水便肥不是主人能好客夜深也待月明歸

月夜訪孫竹庲

漸入空山近戴家，四圍煙樹定昏鴉。流雲有意欺明月，芳草多情護落花。茅店風知新酒熟，柳塘水送去燈斜。此閒樓閣如天上，何必桃園問釣槎。

遊妙相庵

四邊山色一園新，忘卻門前有熱塵。春盡草香濃似酒，日長花意倦於人。短橋水上萍爭路，小閣雲多竹買鄰。不受提壺村鳥勸，爲留醒眼拜靈均。庵有屈子祠堂

傷逝 時秦雪舫、方石廉、顧秋碧、程野樵諸君先後弃卒

爲問天邊幾玉樓，教人一死誤千秋。休傳白鶴生還語，已作黃河東去流。如葉自憐三尺命，有花難解十分愁。著書明日無憑事，何待潘生歎白頭。

樸園有老樹不名方秋作花甚冷而豔詩以慰之

一例花枝玉樣齊，竟無春夢許君迷。柳雖輕薄鶯猶占，桐易飄零鳳卻棲。但使爭香塵裏過，何曾分蔭日邊低。浮生豈獨甘埋沒，聲價憑誰爲品題。

如姬

侯嬴甘一劍以死報公子魏王失軍符美人生與死

雜詩之一

千金買駑駘一顧失追風追風亦有罪甘雜駑駘中

初夏六詠和兄荷生

埽花

埽花裝枕頭魂夢共清絕不爲落花香爲見開時節

剷筍

攜鋤向竹林不知筍何處一枝露頭角便有人鋤去

贈扇

蒲葵自南來故人新贈與拜賜及此時秋天誰用汝

垂簾

紅日有驕態竹簾清若水始信緑棠陰庇人亦如此

飼蠶

采桑飼紅蠶吐出絲千道不是蠶吐成誰知桑葉好

放鴨

柳花作萍時放鴨向春水望爾羽毛成至今飛不起

飼蠶詞五首

春寒箔上蠶猶嬌箔下炭灰終夜燒貧家亦有跳梁鼠從人乞得銀花貓

曉來要看蠶稀稠又恐蠶將嬾婦羞蠶會吐絲學蓬髮朝朝燈下起梳頭

早去買桑桑市東歸來摘葉蠶房中旁人不解惜桑葉奪取一枝桑葚紅

阿娘辛苦養蠶天嬌女陪娘瞋不眠含笑許縫新襪袴待娘五月賣絲錢

西家小妹來堂前也知愛我蠶絲鮮翦將素紙乞蠶吐要作菱花鏡套圓

紫雲曲六首仿曹堯賓體

問徧青天少酒家夜深難覓海人槎無聊盡斫吳剛桂自汲銀河水煮茶

玉斧樵回一事無夕陽紅過小方壺門前笑倚

三珠樹閒拾飛花飼鳳雛
五雲深處鎖天台幾樹桃花落更開昨夜劉晨
尋路到春風吹下笑聲來
梧桐樓閣掩金扉十萬收香噪落暉一片紅雲
天女過齊州烟裏散花歸
龍田瑤草十分香處處丹爐火色黃擺脫紅塵
衆仙子朝朝贏得點金忙
蔡家今日宴羣眞有約麻姑餞尾春青使頻邀
還未到瀛州山頂射麒麟

新種柳

生小爭春眼媚初露黃煙綠不嫌疎淩波自寫當風影爲是旁人畫不如

孫竹厤之常州吳次山之揚州以同日行時慶子元滯泰興未歸

望斷海東人不至諸君明日更飄萍江南春盡落花急賸我零丁一酒星

送春日寄吳次山揚州

無沽酒處猶餘冷盡落花時更不愁聞說春歸到江北那禁惆悵望揚州

舟發石頭城夜作

涼雲斷處遠天青兩岸菰蒲萬斛螢飲慣石頭城下水如今著我作飄萍

題慶子元畫

絕瘦孤花稱晚涼著些秋雨也無妨倡條冶葉從人采自辦空山落後香 雨蘭

埋香歸去意沈沈自寫春愁付綠陰墮溷飄茵何太巧東風未必盡無心 落花

西施詠

溪水溪花一樣春東施偏讓入宮人自家未必無顏色錯絕當年是效顰

野寺見桃花題壁

纔有花枝帶露開等閒蜂蝶便飛來紅塵誰報香消息多恐春風是自媒

嘲燕

海燕將雛分外忙呢喃終日向華堂生兒盡學江南語秋後如何返故鄉

春閨曲

也卷重簾也倚闌暗緘柳絮寄人看東風用盡開花力吹上儂衣只是寒

秋閨曲

秋來怕說寄衣裳自盼音書暗斷腸昨夜雨中
鴻雁過今年人是不還鄉

春秋宮詞六首

寫盡房中儆笱詩外臣消息報無知深宮尙拜
秋瓜賜斷絕君恩是此時

火急軍書駭外臣一時宮婢更含顰從今防著
桃花醋不是當年不語人

狄語鉤輈到耳邊第三宮裏晚開筵含情笑指
庭前木未到人間廿五年

陰里紅絲出洛陽諸姜誰著后衣裳內家弟妹

都調笑爲問王髭幾許長
緣衣爭受瞽奴鞭花下君來泣不前含怒回他
身上痛去彈琴觑覓人眠
故國田歸妾入齊舞筵夜夜醉如泥金盤忽進
魴魚鱠君寵君憐總欲嘷

十六夜見月

雨漫秋河半月餘今宵纔見玉蟾蜍可知鏡裏
人應老不是長眉乍畫初

書恨

蓮荒豈少魚藏葉葦敗猶餘雁折枝絕代芙蓉

根盡死可憐紅是不多時

秋蟪吟館詩鈔卷一終

[illegible]卷二
綠衣半受聲[illegible]粉花下君來泣不前[illegible]
身上痛去彈琴趣有人眼[illegible]
故園田歸宴入奇舞筵夜夜醉如泥今[illegible]多違
節[illegible]飾君龍君捧[illegible]欲[illegible]

十六夜見月
雨浸秋初半月餘今宵纔見[illegible]
人應老不是長居[illegible]
書根
[illegible]

秋蟪吟館詩鈔卷二

上元金和亞匏

椒雨集上

癸丑二月賊陷金陵劍淅矛炊詭名竄息中夏壬子度不可留拚面辭家僅以身免賊中辛苦頓首軍門人微言輕窮而走北桑根舊戚恩重踰山自秋徂春寄景七月而先慈之訃至矣計此一年之中淚難類愧聲不副愁幾昧之無遑言競病惟以彭尸抱憤輒復伊吾亦如麴生之交尚未謝

絕昔楊誠齋於酒獨愛椒花雨椒辛物也余宜飲之又余成此詩半在椒陵聽雨時今寫自癸丑二月至甲寅二月詩凡一百五十餘首爲椒雨集

原溢一百六十七韻

先皇壬寅年外夷肆鬼嘯既奪潤州隘遂鼓金陵櫂先夷未至時南民畏其暴紛紛謀避城婦人尤遠蹈俄而官盟夷江上畝削約虛纛七旬餘夷去疾若鷁城中高舉者村居半改貌宵眠蝨無幬晝食羹不芼至是驅車歸戚里相迎勞

捶胸論酸辛把酒不能酹風日蘊蓄深致疾每難療朝朝歌蒿里處處焚楮鈔由來十餘年談次神尚懊今兹粤氛惡詎不烽早耀大家鑒前車主靜信神告（先賊未至時南中之問於神者筭卜鸞請皆云靜吉豈無神邪抑眞數之不可違邪）婦口雖嘵嘵男兒必執拗萬人無一二網兎脫身越餘皆陷盜中將肉委虎豹往往婦語男以不見幾誚我雖與衆殊交譎略同調豈知中夷毒匪獨民不弔　國事此荊莽禍固有由造夷乎詿誤多聽我說原盜盜首生潯江實在交廣徼湘南諸煤戶寒等厥民嗅蠢蠢初

無知羣聚第吽噪縱或觸犴獄不過氣桀驁極
其才所能相率事掠剽平生委泉壤夢不及官
誥何至夜郎大乃欲竊名號當夷搆釁曰此盜
各年少方於災荒居近見夷犯澳只覺孫盧鋒
大都炬火爝中原有全力海必澆熠燿旋閶闔
越靡江南順風到前後才三年萬里騰狂趭
帝自赫然怒諸將太不肖專閫獵海琛上上珠
翠帽自其黷貨外則一無所好嚴衛色常墨魂
隨鼓鼙搖那知戰何事如女羞說醮彼夷視諸
將餽問合屎尿據楯可罵之不肖詛楚禱若以

忍辱論孺子竟可教代夷張虛聲紿 帝太阿倒待寇作上賓禮直修聘頫賂以金如山市假神州墺奏書單于悖奚止佗兀梟居然呼二天含笑魋面顙歸舟吹競律喜氣徧壼嶠此盜斯生心本來昧忠孝遂謂狂蟆精果食太陽曜時於輟耕餘隴上野性趋指天而畫地側身忘載纛從此堡社閧殺人向人訐椎埋漸公行罔忌刑禁虓萌芽特猶微虺敢蛇遽效向使盟夷後諸將略計較病過從良醫戎事急學斁因其人震悚選其俗悍剽月異歲不同使知武可樂壯

健皆 國有善養鷹與鮑邊隅固金湯春秋重
邏哨懲羹夫何嫌備豫古訓要此盜必不起起
亦可立標何知封疆臣舊習是則傚 祖宗定
兵額歲折幾路漕久皆成具文談兵徒枘鑿手
握龍虎符於心似無校權陰屬偏裨千夫百夫
纛一家妻若子首易姓名冒更用訓私恩姻特
芘蘿蔦十已吞二三然後兵列竈兵復互容隱
濫竽廁幼耄大率州郡兵實數大半靠借問兵
何爲分飛梟與鶚中有至賢者恂恂士游校市
井别肄業治生及屠釣劣者殊不然鄉閭恣蹂

踔溺影兼吠聲勢憑城社窔彼所謂長官聞見久聾眊平日奴隸叱門戶供灑掃賤役靡不執次第直分儽貓俱狎鼠眠家人比嘻嗃抑有少忤意威欲杖以韄乞憐地暫搶逃罪桂還繞亦可祖父前子孫大讙噭反師顏子淵犯者置不校大吏以時點樹旗帳曰操逐隊仍兒戲壁上聚觀譟瘠馬雕錦鞍廢劍髹桼鞘冠必朱彯纓韡必緣長鞦鎗或火不鳴矢或風而趯約略步武齊鼓絕銀字犒偶撦毫毛疵責之煩扑敲是爲司馬政兵糈一歲報其在兵婚喪且別賜芻

稍令節亦優酺軍籍抵金窖浩浩　天子恩車
甲雨時膏褻威顧若此甚矣國財耗此盜以吏
卜如獲上吉珓更知營壘情私慶舞其翿腥啖
彌吹揚已將發之慓又况守若令棠愛是頌邵
萑苻藏巨姦明鏡都失照有民縛盜來駭甚雛
在抱諵諵爲盜辯拍案老龜叫畏事甘養癰屢
放鱷出累其民堂下譁唾面自拭炮民皆太息
歸盜愈睨之傲拱手仰盜息若勝憂旱澇盜曰
粟粟之不敢貴昂糶盜曰衣衣之不敢吝宿漂
同聲怨官懦萬口籥應簉官聞乃大樂風雨忽

焱瀑桎梏拘而來謂汝盜援奥否胡餉盜爲汝
身象自燒黲黲盆蓋冤逢逢鈲鑽窾明明樓幻
蜃隆隆鼎賄鄙勿問淚眼枯魚肉猛咀噍坐此
民怒深家駒化作獥垂時盜潛扇教畜短髮氈
黃巾與紅巾胥畀大布帽鶻唬惑鴆媒一旦傾
巢笊東家抉其楹西家撤其楣南家負其鋤北
家挈其銚此焉捐囊簏彼焉獻囷窌決計踵盜
門願與盜分俵請爲盜前驅轉似漆投膠由是
盜驟熾狐語燈夜罩孽雷喧角鉦愁雲布旌旄
郤從夷主名耶穌拜初廟逆視夷有加誣天妄

稱詔試窮此盜根然否盟夷召至于兵興來諸
將則尤妙本來勁旅稀市人雜嬉敖苟能漸摩
厲擇鑿汰其糙勇可作而致何懼不輕僄乃從
肉受脤即如麪飲醇纔聞壇上拜便睡山中覺
只期幕烏集瞋舞晨雞[illegible]自盜弄潢池於今幾
寒燠所過皆嚴關守可一夫嬈步步讓畔耕省
盜馬箠擊諸將隨後塵聊當遠臨眺畏盜膽易
破未戰師己橈將是蟬語氷兵是螳旋淖在我
忝室憂久知原必燎獨至金陵失貟非意所料
謂有向將軍夙名騎之驃　帝望屬方新功詎

他人娼固當計掎角預阻長江艤盜既來如飛赴援進必躁豈不念南民延頸積朒朓但使牽其外環城富有礮雖圍庶無虞城幸最險陗故抱不遷議慠廬守窅窱吾母殀久病體弗任輿轎自宜安鳩安未用鬧鬨安知吾智昏終詒家室悼誰云狃於夷佳麗地戀嫪昨者夷船來士女稟亂爆猥曰夷同仇將藉鯨逐鱷其實牟利行交反通紵縞鑄姦本同物往事早先導倘命回紇助多恐頭不掉非夷此盜無無爲盜所笑

三月二十八日作

自從中春來悄悄閉門戶出入必以夜粥飯亦夜煑街上聞人行搖手戒勿語作計叢棘端地獄無此苦誰知復大索謂有男近女按籍編女口賊婦作官府楚婦猶人情粵婦毒於虎明知是家人問訊或不許過者稍遷延拔刀勃然怒痛哭形問影影似唾罵汝汝毋遂無兒汝子遂無父汝妻遂無夫汝婢遂無主汝死亦無名汝生亦何補

周還之蓧淳作無題詩二十四首假以書

憒同人多和之者余亦得四首

春陰黯黯閉門居禁火時光破膽餘敢爲明珠多護惜乍聞唬鳥亦生疏癡心尚想花無恙薄命應知水不如背後相逢剛一笑大家雛髮上頭初

曉風鈴索暗心驚金屋深深住不成出海瞋魚從急性對人羞草只吞聲願埋黃土都難事得傍紅燈是更生如玉阿侯拋擲苦胭脂山虎果無情

村婢如今舊誓違琵琶別抱不嫌非甘隨尨吠

燒香去忍逐鶻唬響屧歸同伴難禁尖口角新妝頻逞瘦腰圍紅綃未是眞承寵要著葵黃入道衣

朱樓落盡萬花枝洗面朝朝眼淚宜山欲望夫和土化鳥休思婦覓巢凝竟沈苦海終非計便出愁城已不支學得南朝無賴法破家時節苦裁詩用王次回句

有諷三首

錦衣玉貌好兒郎手握長刀冷似霜幾日公然鶻語熟他年眞恐賊難當

媢賊將無作計䟽徒令華屋變榛墟自家門户
今何在莫逐錐刀拾唾餘
自是傭書勝荷戈通人筆墨不煩多美新二字
須珍重箭在弦時試一磨
五月七日母命出城述賦
老母傳示紙三寸欹側濇墨十數言謂聞爾日
賊促戰千家萬家人出門爾獨何爲戀虎口六
世名族惟爾存生是婦人當死耳此時言義休
言恩爾去將情告諸帥況爾有口兵能論背人
讀罷火其紙纔欲痛哭聲先吞中夜起坐不能

寐十指盡秃餘齩痕在家何曾得見母母教誠是兒智昏宿將南來過兩月胡至今日軍猶屯或者條侯太持重不識此賊原遊魂倘以裹言走相告未必幕府如帝閽藉手庶幾萬分一還我甘旨雞與豚甘作罪人背母去廿金餽賊吾其奔時逃人必先輸賊中貪者金其賊即備以出城始免賊詰

初九日出城既至善橋作

出城二十里世界頓清涼不覺髮將白纔知日尚黃居人盡旗鼓吾輩又冠裳重見 聖明詔羞揮淚歎行

自秣陵關買舟冒雨至七橋甕馬總戎龍營求見

早潮人說船行易五十里路夕未至夜深雷雨破空來疑是城頭戰方利小船漏水時欲沈袴韈無乾不能睡燒燭聊談紙上兵到曉剛成六千字遥遥乍見當頭旗船得順風槳生翅須臾繫纜營東頭萬帳星羅眞得地此時雨猛更逐人草滑泥深策無騎束縛芒鞵側足行軍前豈可輕兒戲漸聞朝令許傳呼長揖扣門敬投刺將軍竟作階下迎纔見逃人先迸淚敢謂此賊

不難平三月遷延自攻愧張髯怒罵驕兒兵如所云云頗非醉坐來徐獻袖中書五策居然中三四欲推欲挽忽沈吟前席無聲似酸鼻但言大帥在鍾山到彼雄心儻一試我聞未免中狐疑於我何嫌若引避歸船聽取道旁語請戰都非大帥意將軍近已病瘨膺不是將軍不了事

自十六日至十九日歷謁　欽差大臣向榮撫部許乃釗提督和春諸營退而感賦四首

到此烽塵路八千諸君莫更似從前徵兵十道

頻增竈追賊三年等執鞭若使蠭屯江盡地須
防梟薄　日邊天巧遲拙速關全局不但南民
望眼穿
休說黔驢技有餘夥頤沈沈讀去易殲除大都死
盜逃疏網誰見祆神載後車勇爵儘排槐國陣
智囊無過稗官書兒嬉優劇殊堪笑豈可非夫
賊不如
只今百日駐江濱未到量沙豈慮貧久命可堪
金注重軍聲惟仗火攻頻腹眞不負恆遺矢膽
若能飛早去身上將從來心謹慎自知原比主

知眞

此行奪命出圍城敢謂書生解用兵只覺戴天難忍痛況知攬海盡虛聲解懸但願家全活借箸休疑事近名舌敝脣焦無是處酒悲贏得淚縱橫

述痛

有鄰叟自城中出致母命專意軍事無以城中爲念

初心若是此行虛我罪深還勝絕裾忍淚替添衣上綫請兵爲獻馬前書四年長病惟欹枕五

夜無眠當倚閣桑葚鍋焦誰寄與累人甘旨近何如

孝陵衛寓樓飲酒十首是日於許營晤林編修汝舟亦奉命領軍者自第二首至九首皆述是日問答語也

巷外悲笳不可聞傳杯只合對斜曛便教爛醉今宵死也比蟲沙醒幾分

拖泥帶水外重城爲報紅夷礮可傾豈是一人偷撼事崇墉難道紙黏成

嚴關已奪尚何愁縱有縣門可發不幾見百川歸海處能憑一舸斷東流

畫灰纔罷帛書通誰遣黃巾侍帳中縱說愚民甘媚賊可能推問道旁風

千帆萬楫繞江灘纔計焚舟便不歡自是留他歸路意可知此次讓城難

郤瞋餘燼半偷生底不呼刀徧四城也識殺人容易事未應民膽大於兵

指示雲梯十丈高每當支處吠嗷嗷棄人若是眞憑犬壯士何妨試奏刀

藥籠窮搜詛祝材賊身苦說是蛇胎肘縣金印大如斗悔不當時使鶴來

賊金如土積無邊班處都堪多得錢此事也須憑一鼓封侯豈但畫淩煙

醉餘無俚事歌呼回首慈親望眼枯怪底賊能操勝算道渠來日亦如無

痛定篇十三日

兩日善橋飯三日龍溪眠一日脈要村五日鍾山巔栩栩隨風蝶跕跕墮瘴鳶昨日賃此屋乃在營東偏危樓十數椽一月錢二千庖湢借鄰廡几榻聊安便薄醉從飽睡笳鼓時喧闐中夜復起舞敢謂聞雞賢竈熱還因人已起晨炊煙

居然鳥巢林風雨可避焉如今痛定矣請歌痛定篇

正月二十七居人走相報謂有奔馬來江警今在告負郭千萬家入城附堂奥如牛得火驚似蟹在鐺躁明夜城外喧次第賊果到九城先已閉守陴各安竈我亦登城看始見賊花帽是時賊尚稀城下肆舞蹈轟然鳥機發卻作厲鬼倒晦日朔日閒環城樹大纛紅衣而黃裳遂集如毛盜城中尟勁旅況賊攻之暴乃招市兒兵徒手助鼓譟從此盼外援北望費祈禱天皆低欲

頹十日雲不掃惟餘礮火明萬鳥避而噪夜夜
城中民煑粥上城犒
二月初九夜礮急不容瞬遲明繞城呼賊自北
城進北城地臨江隧道賊暗濬城根失憑依一
角礮自震砉然若阺隤險步賊乃趁是時守城
者尚欲釁其釁囊米積如薪畚土實諸櫬所崩
恃補苴功頗奏之迅入城賊數百大半亦飲刃
誰知他城兵得賊入城信一唱百和逃奪命自
蹂躪西曰清涼門蕪蔓略不潤近南有矮城其
差將及仞萬賊攻方環忽見解嚴陣遂以雲梯

登諸山斗合燼督師來自東巷戰以身殉其餘數十官先後死其印狼虎從𤇾休街市漸充牣刀鎗極天鳴走避駭齯齗吾鄰屋太華必受賊問訊奉母急移居蓬茅各牽引閉户不敢眠夜聽鼓角振

夜聽鼓角振借問在何所八旗駐防兵只今稱勁旅防者防此邦本藉固江圍地重兵恐單所貴侮同禦滿漢久一家在國皆心膂帝惟無分民守土故用汝聖澤二百年斯民和飲醑何期邠岐人終欲外齊楚當賊初來時意已

略齟齬四城籌守陴僅以什五與謂此外城事自居謀越俎及聞北城摧第一氣消沮西南棄城走孰先曳戈杵猥云保內城內城大幾許如樹之有巢如水之有渚水潰樹既顛巢渚豈可處縱令獨瓦全孤寄等雀鼠碎壁孰其組於國詎有補況萬無此理譬麼早失駆徒令賊致力面面合鋒炬戶萬口五萬裹創及婦女豈不奮臂呼各以死戰拒一隅果難支賊如毛羽舉試聽今夜聲痛哭徧郊墅何不眎者晨仍結外城侶固知寇已深南人劫方巨要之秦越視吾

終疑其語

賊既全入城我門更深閉不知門中人今所處何世遑問他人家朝夕底作計中夜猛有聲火光極天際俄頃數十處處借風勢屋瓦一時紅四方赤熛帝心揣賊所爲殘命萬難貰毋呼坐近牀兒女各牽袂阿嫂將一繩繫婢還自繫謂死亦同歸神定都不涕門外賊鳴鉦鳥語音方厲驅人往救火不許道旁憩相顧愈狐疑將無賊夢囈忽聞叩門來乃是西鄰婿一一爲我言始知火根柢日來賊科財按戶如責稅賊黨

復私掠先據最高第囊篋罄所有褫及婦衣做錢盡更捉人隨意犬羊曳苟有稍忤者一刀以爲例故爾素封家或則縉紳裔與其遭僇辱束手以貨斃不如早焚身自甘灰盡瘞其餘鴆縊溺往往毅魄逝裹尸尟柳棺葬者血盈背汝居幸獨陋賊過不屑睨初十至十九略定殺人性打門喧相傳賊亦有賊令令人占口籍書年與名姓老弱可從略意在壯者勁大半署爲兵加僞號曰聖其舊操何業及時許更正苟所甚需者則亦隊伍併惟男

與婦分不得室家慶賊婦實掌之違者致禍橫
我姑避其鋒獸肯自投穽江東大如海差異蕞
爾鄭往從數親知南北腳力競黃昏不敢歸直
待月懸鏡平明又出門東食西眠竟有時驟遇
賊所賴日適病單福與張祿隨意我爲政亦嘗
受賊拘尺寸手無柄賂之復得免始信錢勝命
置身如此危幸不爲賊訶
二月二十三傳聞大兵至賊魁似皇皇日或警
三四南民私相慶始有再生意桓桓向將軍仰
若天神貴一聞賊吹角即候將軍騎香欲將軍

迎酒欲將軍饋食念將軍食睡說將軍睡老母命近前推枕手彈淚謂有將軍來死亦甘下地縱遭玉石焚猶勝虎狼寄七歲兒何知門外偶嬉戲公然對路人說出將軍字阿姊面死灰撻之大怒詈從此望將軍十日九憔悴更有健者徒夜半誓忠義願遥應將軍畫策萬全利分隸賊麾下使賊不猜忌尋常行坐處短刃縛在臂但期兵入城各各猝舉燧得見將軍面命即將軍賜誰料將軍忙未及理此事

金陵百萬戶平居如儉荒豈知崑崙山中有萬

寶藏賊能竭澤漁毒網彌天張朝令徙一巷暮令遷一坊次第驅其人以隊叱犬羊其人既已驅返身上其堂井竈庖廥廁楣檻屏柱牆一一搰之爛惟恐屋不傷盆盎鼎豆壺几匱廚椸牀一一撞之碎惟恐物不戕然後謀飽槖首選白與黃有錢或萬貫有珠或一囊有薪或千車有米或百倉珊瑚翡翠玉海中之奇香灼灼目不識棄在塵土旁羅綺錦繡段紅閨舞衣裳鐵體衣十重山鬼跳太陽閧然鳥獸散頃刻荊棘場吾固謂此賊不稱星天狼實破敗五鬼天使來

披猖居人夜潛歸無聲淚浪浪
我家何所有家具慙中人從賊泥沙之豈值錢
千緡獨有書入廚自謂家不貧我父客四方前
後五十春歸必載數篋用壯車前塵我兄嗜彌
篤廿載朱門賓少小不好弄惟書道津津生平
所肆力目錄學者醇故能擇英華片紙賞必眞
我承父兄教差亦解苦辛洛市十餘年所聚略
等身兩世三人勞羅致傳家珍讀之方未盡每
愧紅蟫鱗以視百城擁誠如附庸臣井蛙而遼
豕未足跨龜麟要資儉腹糧聊當粟一囷況有

希世物呵護宜鬼神此皆筆耕得善價分米薪
非果有不廉詎令天生瞋胡亦爲賊據屋悔西
南鄰閭我尊閣地萬雞今司晨可想油素積賊
見怒且顰大半供爨燭劫火同暴秦否亦汚穢
旁布囊紛前陳天乎無乃惡我淚常霑巾惻惻
念吾寶寶甚金與銀慘哉芸根香終古不復新
賊婦作何狀略似賊裝束當腰橫長刀窄袖短
衣服騎馬能怒馳黃巾赤其足自從入城後忽
效吳楚俗夜叉逞華妝但解色紅綠彼或狐而
貂此或紗而縠鬼蝶隨風翻豈問春寒燠頭上

何所有亦戴花與木臂上何所有亦纏金與玉
錦綺不蔽髁但禁裾六幅更結男子襪青韈走
相屬鳩舌紛笑譁麕集踞高屋朝去朝賊王官
以女頭目既定兄弟籍乃盡姊妹族賊呼男皆曰兄弟呼
女皆曰姊妹不以老幼異稱大索從閨房一見氣敢觸慘慘
眉尖蛾撞撞心頭鹿小膽皆鼠銷修頸半蠶縮
呑聲出門行敢云路非熟十里更五里尚謂行
不速喃喃怒罵多稍重且鞭扑襆被未及攜知
在何處宿求死無死所求生則此辱苦恨小兒
女徒亂人意哭棄置大道旁不復計慘毒長者

乞食呼幼者蠅蝻蔟我急還家看幸未被驅逐
三月二十八有賊叩門急我先出門外去賊十
步立其旁一人者善氣似可挹稍稍前問訊家
乃楚夏邑城中販麥來被賊苦拘執千里驅相
隨殺鶴雙翼戢謂我啓厥戶毋貪蟄蟲蟄邇日
括婦口一一豚入笠今已至此方豈免驅盡縶
有婦性和柔賊畀爵一級此方所經營意在澤
雁輯汝宜速作計戚里廣招集故廬仍可居庶
幾便樵汲況汝有病人衾榻亦所習當斷若不
斷黯黯閉門泣坐待賊捘掠臍噬悔無及彼賊

皆蝮虺枯菀在呼吸我聞感其言不覺欲長揖
往告鄰家婦附處約三十當關施闌幕藩籬略
修葺妻兒踦閭語聲尚通嗚咽老母室內眠我
遂不得入我有然諾友業織錦重襲其家賊所
留逋客陌而什且往從之謀盟似責車笠脫身
寄朱家觴豆都仰給朝去市餹粉貴抵羊乳汁
雞子與菰莧聊當紫蕈拾踵門遙遺母飧飯冀
加粒歸眠複壁中夢醒被池溼
將軍遲不發賊愈得意鳴一軍將北旗一軍將
西旌居然據蝸角豕突思長征前所得健士逃

歸半空營城中更選人萬千立取盈凡在工商賈按冊尋其名初猶作狡獪各以羸老更賊見皆唾棄唾棄爲不精擾擾十數日賊亦知此情乃爲擠羣計中夜雷交轟簿錄臥榻側牽去如春醒或則假他役賺之出嚴城授棘江上岸載以空舟輕甚且要諸路隨處施長纓纍纍猴千頭歸紡庭前楹監守網愈密語即蛙目瞪有亡則荒閬同室巢俱傾偏伍既略備命爲前驅兵其後楚北虜其後楚南黥最後數粵賊高騎司鼓鉦日必窮足力次第相告偵苟有反顧者速

殺尸前横飲泣操戈矛安知幾許程猶幸所至潰賊自馳先聲偶遇　王師怒萬死無一生捷書則曰賊某日先登争臣等獲大勝此戰敵克勍可憐蒼與赤遂作鯢而鯨九泉哭呼天豈復達　聖明我雖棲喬柯一日常數驚身無蟬翳葉終恐受醢烹老母聞其故手書斯勸行我行既已成如雞唬出甕區區殺賊心尚未解醉夢自謂賊中來賊情億頗中懷刺干軍門聊以所見貢要之爲鄉里泣血大邦控我言賊可攻不信試詢衆雖在五尺童亦知非鑿空何期

賊命長我力難斷送徒以全家陷此計仍拙弄
長歌痛定篇能定阿誰痛

過龍溪見製小戰船知將由後湖緣臺城
者也漫書十二韻

百手丁丁斧剡舟七尺輕傳聞習流隊作計戴
星征將渡汜南水因登莒舊城裏甓窺間道持
練集新兵柰擊池鵝亂誰鞭天馬行不冰橋豈
合有樹塹難平一葉浮中夜千金當木罌飛來
同巨筏越頸定長纓此地賊無備其功今可成
如何當大道已自播先聲洺恐囊沙壅淮防瓠

火明寄言籌筆者甚矣子之情

北去之賊自江浦過滁州出臨淮渡河陷

歸德圍汴二首

此賊江南去當時誰守江生平向公子國士欲無雙列帳關蹲虎先鞭夜避尨只今歸不得未戰莫疑降

竟出中原路由來古戰場豈知千里遠更少一軍當無限杞人意憂非在洛陽去天今尺五步要金湯

追紀五月初十日事贈同學張君荷生

面目焦黑汝何人泣數行下爲我言四月之初
脫羅網自念殘命甘從軍獻書首言募兵事爲
有城內諸逃民誰無父母與妻子欲救奚翅溺
與焚仇雠未刃苦無計及鋒而用斯銜恩民愚
豈不自量力舍生萬一能生存此議初上未許
可同病人已先知聞螳勇蠭義願效死四千餘
衆何紛紛一錢粒米不受賞但憑歃血盟言貞
五月初九奉嚴令按圖索馬當明晨明晨官軍
大破賊急須此輩從風雲是日四千人者至各
囊大餅懷在身短衣特書復仇字刀光夐夐秋

水新折枯湯雪期一舉拔山淩波豈等論官軍
或言戰危事怒髮上指眉不顰此時有進已無
退萬足蹙上天邊塵行行去城未五里賊纔望
見齊反奔隼飛猱進逐之猛呼聲直徹高城垣
城垣巨礟喑不發重門洞啓無人門全城已是
掌中物只欠合戰殲殘魂官軍步步常在後到
此忽作中田屯大旗舞動金奏急道有地火埋
機輪城中了無立脚地如雷震起都千鈞固知
賊不解爲此曾何所見皆云云嗟乎民本非賊
敵大力恃有官軍援儻能孤行自殺賊在城豈

惜清妖氛今者官軍既告絕近城復退悲風吞從此心寒氣亦短勢難復聚饑腸貧君謂此事可恕否哽胸熱淚冤誰論我今告汝冤休論將軍鼇汝方汝瞋幾欲殺汝訓汝勳儻其殺汝訓汝勳汝今已作無聲燐

六月初二日紀事一百韻

將軍刻日封鯨鯢大睡忽得人提撕更不深守處女閨初時頗聞兵怨詆謂我一戰身則虀重賞安見信有輗且糜日餉河滿鼷誰以性命爲稗稊儻欲狂寇庭全犂除非有牽乳自羝將軍

畏兵虎畏猊衝冠一怒恐噬臍驕兒愛子言笑
睽阿孾敢勿謀餹餙先期大饗聊止唬軍帖火
急一卷批牛羊豬魚鵝鴨雞茄瓠葱韭菰菔藜
桃杏櫨芍蔆蕅棃酒鹽粉餌油醬醯五日購物
車接巂六月乙亥明猶黎將軍夙起列羽蜺命
所親卒馳駃騠傳箭代速千營齊繞營三里借
竈炷釜甑不足襍瓿甋庖人累及民家妻咄嗟
而辮髮末篦百錢顧匄奴充奚流汗被面洗面
黳卓午大宴山之蹊銀刀雕題相招攜廝扈濫
進齒恃齯若囝若崽屖韘觿狙援雀躍紛推擠

布地作席瓜分畦穹廬洞徹渠荅剸渴鼈一呷
酒一椑餓狼一咽豚一蹏如坻立劙如淮漸須
臾腹飽酣顏霙抹額緩縛衣姿靦腦後各杙螺
髻笄螳臂半露文身蠻僊僊胡舞學白題孰爲
巴瀘孰羯氏歌聲不辨鴂與鸝淫哇襍遝下蔡
迷公然趙女行媞媞花帽利屣長袖袿箏琶勸
醉柔玉荑最後將軍曳文緹循行親執雙偏提
酌其隊長評曰緊諸軍勞苦鄉夢睽賊不足畏
胡吹齎幸爲我盡剸兕犀孽種罔赦卯與庸書
功上上行析圭瑛賚聽汝塞壑谿家人愼勿多

勃豀乃致自潰黃金隄此酒可當盟牲刲生死交願諸軍締切之和之惟汝蟜言畢亦醻紅玻瓈萬夫一諾天爲低歡嬉拜謝日已酉明日之日吹大蠡人人刀劍膏醮鵜厲矛淬戟剜雙錍盾鼻上索矢飲鎞洗鎗雷動鳥避棲禱神紅燭光騰奎飧飥分覓乾糧齎更鎖鐵幕脂綠鞮旌幢搖搖皆皂綈黃昏嗽過揚狂堅傳聞此戰惟鳴鼙環城四面分航梯苟有一人顏慘悽返走半步生難徯軍法所在霜威凄誓不令賊誅重稽將軍方絡入蔡驪崇壇危坐藤蘿蔓露布已

疊千赫帨入告庶慰 天心懠一時驚喜徧旄倪譬積陰雨看紅霓道旁萬頸延蝤蠐耰鋤擬捉獸脫罦香花迎祝將軍禔夜不敢寐朝陽躋㨖音杳甚秋瘖蟧日中纔聽怒馬嘶但見泛泛如鳧鷖兵不血刃身不泥全軍而退歸來兮

初五日紀事

前日之戰未見賊將軍欲赦赦不得或語將軍難盡誅姑使再戰當何如昨日黃昏忽傳令謂不汝誅貸汝命今夜攻下東北城城不可下無從生三軍拜謝呼刀去又到前回酣睡處空中

烏烏狂風來沈沈雲陰轟轟雷將謂士曰雨且至士謂將曰此可避回鞭十里夜復晴急見將軍天未明將軍已知夜色晦此非汝罪汝其退我聞在楚因天寒龜手而戰難乎難近來烈日惡作夏故兵之出必以夜此後又非進兵時月明如晝賊易知乃於片刻星雲變可以一戰亦不戰吁嗟乎將軍作計必萬全非不滅賊皆由天安得青天不寒亦不暑日月不出不風雨

有賊回據安慶且入楚矣

賊自上游至長江路二千連城棄如屣原不解

乘船南國萬檣集東風一炬便何期多護惜郤
助勢滔天

專閫非無意留他去路長可知重入楚未必是
還鄉北騎通河洛西塵接蜀羌掌紋吾暗數黍
室替徬徨

初六日將辭諸營而去

旁觀不覺舉棋頻梟鳥聲多漸惹瞋吾舌能令
金馬泣軍心只似木雞馴矦嬴有劍難從死伍
員無簫欲救貧徒賺北堂占鵲報猜兒已作後
車人

馬總戎龍聞余將去欲以一帳處之並有饋金意書此見志

徒以餘生貸難忘越俎愚本無貂可倣休問鮒將枯此去從傭磨隨人冒濫竽但煩他日念吾說或非誣

初七日去大營擬寄城中諸友

十萬寃禽仗此行誰知乞命事難成包胥已盡滂沱淚晉鄙惟聞嚄唶聲自古天心慳悔禍雖余人面錯偷生一身輕與全家别何日殘魂更入城

於蜀兵處見一五銖錢較常見者輪郭大三之一銅質澤甚綠沈入骨決非贗作鄙見爲諸葛治蜀時物蜀人相傳是漢武帝賜諸將者語無可考漫成一絕句

鄧氏銅山已刼灰此錢傳自柏梁臺當時誰買臨邛酒親見文君數過來

南師九首 錄七

長揖軍門暗斷腸賊威都仗我兵揚四年不信七經略萬里從無一戰場人拜馬頭如歲望公輸鼠膽欲宵藏大名枉說來西蜀那有閒心對

太陽

餘子僅同煮後蠶大家巾幗早無憖安知眞病生非福盡奪高官去也甘厭客論兵妨熟睡願天殛賊作常談頭顱未肎輕兒戲夜夜燒香徧佛龕

登壇拜後總書生下策慵談紙上兵報　主但遵時晦養逃人便占國殤名盼他帆影滔天去聽我鐃歌市地聲昨日銜冠逢一怒是誰癡絕請攻城

畫灰商略捷書窮狂語欺　天任捕風道殣無

言充虜獲軍儲有計報虧空家肥自感　君恩
厚師老仍誇士氣雄幾輩得官掌　上賞臣身
猶在夢魂中
近來驕子似仇讐上將威聲盡罷休磨盾傳先
書貨殖枕戈鄉竟號温柔豬奴戲具錢連屋鬻
粟花膏火競籌循例繞城頻挑戰睡醒猶喜戴
吾頭
一片刀光慘黑埃千邨萬落半成灰軍威卻有
吾民畏賊過何曾似此來繡野經時行路斷寃
禽隨處哭聲聲哀只應報道紅巾至魑魅猶能暫

嚇回

偷生自恃　國恩寔日日　官家盼好音飽食又經過四月訓功莫更吝千金問誰單騎能嘗寇賴此長城始到今自古平淮屬降將斯人休使再寒心（謂張都司國樑）

酒人船歌（有序）

余友熊君自龍溪僱一舟邀余同至王墅既登舟則舟人蔣姓其舟固每歲泊城內運漕河去余家僅數十步余與陳子月舟何子澹成小作妝點常遊於青

溪數里一時士女皆呼爲酒人船者也
當賊犯江時幸脫出在湖熟日以供行
客來往其舟中之物則皆灰燼矣問答
未已向余泣下余亦不覺惘然復買酒
與熊君盡醉作此歌詒之

龍溪橋上酒人醒龍溪橋下酒船冷酒船舊泊
城南河曾費酒錢如水多每迎花片飛紅雨便
劃萍根送碧波櫂聲驚動提壺客愛問青溪潮
幾尺張鐙不學夜銷金邀笛難忘春泛宅此船
不與衆船同青漆爲闌布作篷竹几籐牀宜釣

具香篝茶竈稱詩筩朝來載酒青溪去只覓有
風無日處渡頭垂柳樹間藏巷口紫薇花下住
斜陽萬丈徹中流更借層陰傍畫樓一路卷簾
催理曲幾家燒燭照梳頭渠儂纔起我儂醉窗
裏歌成船裏睡吹簫打鼓暮霞邊遥指船如火
龍至船前天上月華生月爲船多不肯明移船
我卻尋明月北出青溪即仙窟酒力辭人欲化
雲月意侵人都入骨五里煙深芳草岸蓼穗成
團紅不斷風過輕分宿鷺開露沈濃壓流螢亂
搔首橋邊盡處停恰隨漁火夜深青何處魚山

吹遠梵多時銀漢看飛星更闌漸受宵涼足船回須繞青溪曲青溪船自不還家千朵萬朵珊瑚花錦城步步無歸路一艣柔聲一艣遮四邊蘭麝熏人走無計別離仍買酒一杯遥賞落鴻驚一杯替罰濃螺醜罰太分明賞更勤銀箏無數不知聞但論吞海能千斛豈惜如泥又十分沙棠林列全無色歇舞停歌看飲劇酒名狂到玉釵知笑聲催轉金輪白從今呼作酒人船弄船人亦酒壚仙問酒從來瞋俗客浣花早與約明年明年年約已今年到今年春被潢池盜青溪

羅綺半煙塵何論青溪船上人船是鯨呑遺下物人是鵑號死後身人將船共依村社來往炎官張繖下田奴買作趁墟牛驛兵賃當傳書馬有時風雨宿蒲葭晚飯篝鐙自歎嗟誰信小姑祠畔路曾伴天孫門外槎此人此語太辛酸況我方悲行路難何意相逢偏在此聲聲痛哭鷗鳧裏坐上疑留當日香眼前還是東來水橋頭酒價問何如少得停船一醉無

至王墅喜晤蔡紫函琳

我行至善橋即知君已歸題壁數行書明明君

珠璣五處蹤迹君先後常相違我遂至鍾山妄
欲憑軍威句當金陵事一鞭借指揮抵掌千萬
語語語乖兵機善刀昨乃退身在還苦饑今朝
喜逢君君體亦不肥君行新年初二月至 帝
畿 帝畿税駕時南事日已非翻然辭春官手
指身上衣驅車急還南豈不夜策騑詎知賊在
城反是官軍圍只今三月餘不見慈親闈君母
幸安善君婦能先幾故居雖已遷姑婦仍相依
我況母多病桑榆尤珍暉身本留城中往往賊
察譏久睽晨與昏難守雲邊扉老母因命行萬

一解縶鞿所志竟不成無分司鼓旗君當謂我
何豈爲知音希龍溪澄之子亦復同獻欷寄書
欲迎母安得空中飛歧途吾三人未暇談式微
舉頭天自寬但見陰霏霏

十六日至秣陵關遇赴東壩兵有感

初七日未午我發鍾山下蜀兵千餘人向北馳
怒馬傳聞東壩急兵力守恐寡來乞將軍援故
以一隊假我遂從此辭僕僕走四野三宿湖熟
橋兩宿龍溪社四宿方山來塵汗搔滿把僧舍
偶乘涼有聲叱震瓦微睨似相識長身面甚赭

稍前勸勿瞋幸不老拳惹婉詞問何之乃赴東壩者九日行至此將五十里也

得祁兒死信一百三十八韻

當我行計成汝病三日矣汝母送我行詰汝病何似汝母謂汝愈瘷靜亦遺矢惟聞爺將逃意似愁不喜母令前牽衣涕泣難熟視其時事太急欲夜闖賊壘不復與汝見脫網三十里明日書報家尚問汝知否戒汝病甫差勿食桃杏李汝母寄我言汝第貪粥酏五月二十六紅日西滅軏我方寓樓眠如夢背驚洮明明汝投懷電

摯光倏弭默以心注心唄必汝魂馭兼旬憶汝勞望信斷鴻鯉六月既望夕我舟秣陵艤舊僕城中來特奉汝母使初道汝尚病音嗄雜商徵怒使畢其說不覺淸淚瀰始知一月前汝母設詞詭念我干軍門恐亂人意耳我行辭家時汝實困牀第其後體益沈弱肉消至髀終夜長聲嘶轢絝躁自齕脣焦飲索冰茗盌碎諸齒大抵汝驕陽墮地肺熱痞昔惟犀與鱷性命得所恃賊中買藥難致汝藏府毀前日來尋爺乃果汝魂是是時汝迷瞀良久氣復甦明旦雞三號汝

遂蟬蜕委不從生父生竟從死父死（祁兼嗣爲先兄子五月二十六日爲余生日而二十七日即先兄忌日也祁於余生日天初明時已危甚忽張目謂其乳婢曰今日非爺生日乎婢曰然祁不復語其日入時遂昏去數刻蓋即入余夢時也既漸蘇至亥日天初明時始氣絶乃與先兄死同日若果有意爲之則尤可悲矣）汝生今七年材地雖不美已識數千字可免亥豕誤爾雅蟲魚名偏旁敢縣揣毛詩四萬言琅琅略上觜諸家蒙求書熟記古名氏索解稍易處麤亦達大旨性尤喜塗鴉秃翰濁墨滓虛室暫無人破壁走蛇豸袖中餹粉錢都售毛竹紙我嘗惡汝貪教汝學種柿自汝伯父在（祁之嗣先兄在先兄棄世之後）

母命姑仍舊稱蓋欲待余再有子也則祁之稱伯父久矣故不改細意校文史殷勤鑿楹藏顧汝立階戺往往笑語汝爲汝儲耒耜他日遺汝田在汝好耘耔於汝無多求但願作通士汝意殊欣欣自命語甚侈期盡手口之然後從宦仕居然中結習油素好積絫凡我所經營草稾尺有咫下至焚棄餘點黈半瘡痏皆汝縹囊物排次納之匭有如希世珍尊閣私在己他人苟誤觸汝必瞋且訾昨者賊之至倉皇盡室徙盆甑各負戴廚榻互角犄汝猶抱束笥當戶喘而俟繼聞屋豢雞書棄若敝屣一賊

憎其多朝趁積薪爨汝獨大詛罵恨不刃狂兕
與書殆夙緣厲父差可擬滿意汝長成雕蟲世
其技汝面方如圭汝目澄若水汝髮纔總角早
自矜帶履準爺作裝束翻不慕紈綺每言是男
兒詎與嬌女比戚黨羣童中庶幾鶴雛峙汝食
雖韭藿數必爭兩簋食徹誇留餘分餉諸媪婢
小妹奪而去亦不難色鄙向夕我飲酒汝志在
染指姑未乞殘瀝敬立執壺醨須臾竊舉爵眉
宇潑脂紫偷閒偶戲劇囂嗷厭街市最好爲館
師端坐據高几不知譙訶誰聲聲責人跪有客

來叩門汝即先曳趾肅拜通寒暄遠勝傖輩俚
或再試之無深談掌竟抵常博高軒譁謝我喬
遜梓汝性徽戇劣汝母屢笞箠我惟挫汝鋒命
杖輒中止汝郤畏爺甚頗解折蔑恥縱極剔踢
人我呼則唯唯凡汝平日事了了不勝紀敢曰
癖譽兒猥效王福畤原非阿龍超（祁小名阿龍）大要
老牛舓何圖玉之樹香色結空蕊豈免猨嗁枯
茹痛徹筋髓更念汝大母痛尚當倍蓰頻年大
母病長臥不能起百無一歡腸獨愛汝步跬知
汝習禮貌不惜錦帘被稱汝幺身裁改製服裋

禔謂汝多老成決是好蘭芷但非蓬近麻猶恐橘化枳聞汝鄰塾歸當飯必停俟召汝叩所學詞句覓瑕玼日課責既畢賜汝最肥胏慮汝睡之蚤燒燭還繼晷授汝唐賢詩記韻棗栗以汝讀請大篇顏霽笑口哆夫豈督汝嚴欲汝璞恒砥且藉遣老懷課孫樂故爾我之爲逃人汝代職滫瀡有汝在眼前門閭可無倚一旦天奪汝招魂室伊邇能勿肝脾摧空拳枕衾搥哭久喉舌啞洟唾滿槃匜至撫汝病者汝母娣若姒遙知汝病篤食已減糠秕頃來火應斷塵冷土竈

錡向人作喑嗚面垢髮弗纚凝絕焚紙錢賣盡
舊簪珥汝今掉頭去野路陰風裏幸有汝伯父
挈汝窴鼠荆杞相依九幽居鬼屋何處址晨夕儻
嬉遊想訪汝禕姊饑寒當汝調汝更幼於彼可
知憶生人黄壤陟岵屺可知生人悲黑海失涯
涘況我近中歲汝外尚無子六世二百載金氏
孰尸祀余家自宛平遷江寗已二百年及余爲第六世今惟余一人而已顧影
此孤注神悴魄潛靡只恐羸者身我病復此始
聞汝奄逝後桐棺賊禁庇貯汝故衣櫝四周實
絮橐昏夜急埋汝偷掘菜畦坻淺土封汝穴仍

僞種蒿芭暫免狐犬撥雨甚斯立圮我瞻金陵城鐵鑄萬千雉將軍收城事未易時日跂他年尋汝墳汝定飽螻蟻嗟哉我今生無見汝骨理哭汝不成聲濡筆盡於此字皆汝所識聊當祭汝誄知汝聞不聞寫吾哀而已

烏江道中

車塵三百里處處稻苗齊樂歲無豺虎仙源此犬雞客愁如水冷鄉夢與雲低倚樹消殘醉病蟬時一嘶

飲石學山履祥野秀軒大醉用朱東巵丈

九日學山齋中宴菊原韻奉呈

梅已銜霜菊猶有狂客憑詩來獵酒主人愛酒得酒偶謂我今宵可三斗韓公吳公二豪叟且勿頹唐宜抖擻以花下酒兩不負以酒寵花花解否我初亦學處女守胸有怒霓忽窺牖自春及今幾辛酉江寧初昭時雜占有金雞之讖說者謂俟辛酉日可滅賊今日則冬〻辛酉也蓋已五辛酉矣我尚哀鴻過江走除卻酒鄉日一卣安能耐此亂離久多君種秫命耕耦釀此醅醪如趙厚冷腸一酌熱生陡呼酒來前立鐙右與爾何讐掣吾肘昔年貰爾春在手今日見爾

只低首酒不能言意已剖瞢騰語汝黑甜後飲汝酒者是良友

議團十首

四鄉環郡城地近五百里郡城處其中百之二三耳以外皆膏腴有古數縣址五里或一村十里或一市村市繁居人十萬户何止況皆聚族處若祖父孫子承平二百年十世盛生齒太半富有田名久埒陶倚連房各干霄峻與雉堞比賊今踞城守勢已建瓴矣賴有官兵圍賊尚未至此諸君當此時豈可巢幕喜

官兵日以老戰勝未可必賊糧餘無多早是縣
磬室遙瞻陌與阡青苗密於櫛晴雨無愆期滿
卜有年吉竊恐賊狡獪陰俟農務畢刈稻從琅
邪一旦潰隄出諸君孰當之此其可慮一
賊縱無此意忍餓不一至頗聞諸道軍餘丁善
生事當路掠貨財夜與農屋寄農材皆至愚愚
則必嗜利豈無莠者種潛掖跖蹻志鬼魅來無
蹤巢穴據便地諸君孰討之此其可慮二
村民縱善類歲豐無過貪城中逃人多幾許露
宿男近者天暑甚瓜果各違擔餬口錐刀微破

絝何能慚眼前秋風生體赤僵如蠶負販物漸稀寒餓未必甘但使紛乞食蠭聚已不堪且勿設他想更作驚人談諸君孰驅之此其可慮三我爲諸君謀不如急團衆團衆團衆何人即此燼餘閧凡能爲患者材武必自貢選而衣食之綏其有生痛然後教之戰刀矟責命中請以三月期決不兒戲弄感恩斯效死敢復身命重若得精卒萬以百健兒統差非官軍流日日在醉夢此四可慮者可慮使可用

用之何事始始斬亂絲亂將軍有明令軍法列

星粲罪或毫毛輕指名頭立斷矧爲白晝劫胡容若輩悍今之團鄉兵本以衛閭閈藉解行人圍詎謂耕越畔法宜參保甲戶口籍重按雖極荒僻區行掫必夜扞示以聲威聯有警鼓赴難家儻藏老姦風聞定先竄此五可慮者可慮使可散

既散墟落廛吾兵亦散處四圍當賊衝以備賊大舉何山賊經過何水賊渡所何徑賊步捷何營賊氣阻米聚毋罅漏棋布各防禦步步仍聲聞疆界無爾汝臂指相趨援百隊同一旅此六

可慮者可慮使可拒
可拒僅可守可戰即可攻可守則無患可攻斯
有功賊意欺官軍不敢來城中幾輩賊大方分
寇西而東見衆守城者罷劣雜叟童不過三賊
王嵎負虛聲雄及今奪城入譬乘船順風時乎
弗可再未聞兵遲工又況所團衆來自無家窮
孰不念婦稚痛哭常椎胸剸刃仇讐心睡亦髮
上衝與言奪城事眞若振聵聾一尚可當百所
貴試及鋒
我昨挾此說欲佐將軍戎將軍領其語且食蛤

蜊蟲志在賊自去還與粵楚同諸君儻此行愼
勿官軍從計惟語將軍聊乞遥傳烽㨗茍萬分
一將軍專矦封將軍或見許不致成算空他日
諸君勞　帝豈無訓庸吾黨二三子心事燒焦
桐不願列姓名但願觀始終
所費團兵貲卻非錙與銖諸君勇解囊何惜財
區區上答　列聖恩下惜寃禽呼遠銘　國鼎
鐘近完社枌榆留意此短章瀆聽諸君無
是役也蔡君紫函實啓之余首附之蔡君爲
文以示四鄉諸君子余就所議語退而以韻

犓排比之不敢爲才語向人也議凡十日蔡君適病城中同志之士不期而集方山者蓋數百人而勇於任勞怨則余與何君澹成孫君澄之不敢謂後焉至於難民億萬輩願與於奪城之役者已相望於百里數十里之外矣時四鄉諸君子以次至意亦許可諾義助者漸有成數有前太守某方說許撫部嫗鄉人金以復城後入賑遺男女爲名撫部韙其計鄉人前已繆許之及聞諸君子之應此舉有成數也則恐不利於其所爲乃以危論聳

撫部撫部竟檄上元江甯二邑令收與此議者未嘗義與周玘之誠幾賈東陽許都之戢於是議中寢矣竊謂當時此議若行狼貙負嵎蟲沙集矣其於收城之功蓋亦未知得當與否若四鄉之防則三年來必有如一日者賊安能尺吞寸削以至有今年五月之慘邪憶癸丑之十有一月所下 上諭有聞江南士民傳書誓衆助戰攻城云云似此議聞諸京師得徹 聖聽而已無救於一紙之爰書卒之苻登食人陰獄無霽段漊送女村井

成灰城未復而鄉亦糜焉其怨不得不有所叢也

方山夜坐

山僧嬾留客欹榻委泥潦病牆飽雨痕地角生綠草我倦命枕簟酸汗夕未澡頗期蝶夢甘塵味襲頭腦蒲扇難停揮熱甚大煩惱起來當戶坐立地上蓬島是時孤月明浮雲散零縞松杉張直蓋團影無荇藻露脚侵衣襟清趣耿在抱四邊蟲鳴多久聽壯心槁此聲將秋來可知人易老一劍磨未成鬢眉恐已皓半空風忽狂如

吼走南道幾欲挾山去力直逼青昊豈其魈蜽雄志竊星斗寶嚴陣此夜行萬怪振旗葆抑是虎之孽阬谷死灰燥思鑿銀漢流野嘯召羣獠使我毛髮竦齒噤魂失保如何太虛府戾氣許橫掃九閽怒有權聲罪想致討雷部多遷延雖伏似衰媪憑誰奏便宜痛哭向大造有客鼾而呼妙語笑絕倒謂蚤盍嚙蝨蝨或撲殺蚤此孫君澄之語也知君苦微蟲眠亦不復好荒村雞方唬休辭起舞早

奇獄

奇獄驚神鬼含沙幾費愁欲憑城社力一網盡清流不復有人理將無爲賊謀黄金昏汝智吾輩又何讐

軍前新樂府四首

黄金貴

黄金貴貴何似一兩舊值銀一斤如今一斤有半矣借問軍興時黄金又何用路人笑且瞋軍中買者衆大帥積錢塞破屋老兵積錢壓折軸縣官錢尚如泥沙各買黄金私寄家黄金著翅飛天涯自從二月官軍來督戰未暇先理財所

縫黃金囊可築黃金臺軍中黃金多市上黃金少朝市黃金貴暮市黃金了吾儕覓得金錙銖倘博全家十日飽書生聞之笑口瘖昨來悔不談黃金一言或動將軍心將軍努力入城去賊是黃金如土處

無錫車

無錫車聲隆隆百甀肩束千鮓封醇酎十斛葬十籠白布萬端衣可縫圓蒲五萬能生風不腆土物軍前供軍前供孰所致下邑士民犒軍至瓦全自拜諸將賜當暑聊存牛酒意叩門先謁

中丞吏一日二日車初來三日四日車未回五
日六日車夫催車上物無人收車夫幾夜露宿
愁物下車遠道留車夫明日餓死休車夫譁吏
有語中丞誰位開府汝何人斯通縞紵必有黃
白金一囊少亦青銅萬貫許汝宜急補物阿堵
汝聲再苦則殺汝車夫哭相告我是村民鑾城
中命我來一刺一禮單刻期速我還雇值尚未
完士民非屬官況責賄賂難吏瞋方罵奴膽大
中丞無言策馬過車夫含淚守車坐市儈來探
無錫貨

接難民

接難民善橋東接難民善橋西善橋東西路易迷難民出城必到此賊或追至身爛糜文者官武者將跪啓將軍語甚壯願分一軍善橋上遥爲難民援能使賊膽喪將軍諾諸軍樂善橋東喧鼓角善橋西旗幟卓老鴉噪曉日出纔軍士提刀紛走開或隱山之阿或伺水之涯東縛難民横索財殘魂驚落面死灰豈無碎金與珠玉挼身逼脫韈袴韈亦有鈍物稍倔强即謂賊諜城中來殺之寃骨無人埋難民過盡軍士集諸

君帳下蟻環立若官若將十四三軍士瓜分十
六七所接難民凡幾人黃昏幾處沙頭泣有時
眞有賊追至諸君按甲似無事

半邊眉

半邊眉汝何來太守門下請錢回太守門何處
所鍾山之旁近大府大府初聞難民苦公家徧
括閒田租旁郡金繳上戶輸一心要貸難民命
聘賢太守專其政太守計曰費恐濫百二十錢
一人贍太守計曰難民多一人數請當奈何我
聞古有察眉律呼僕持刀對人立一刀留下半

邊眉再來除是眉長時防蠱術果奇作蠱術斯
巧豈但無眉人不來有眉人亦來都少惟有一
二市井姦賂太守僕二十錢奏刀不猛眉猶全
半邊眉可三刀焉否則病夫飢殺癡心尚戀
一朝活拌與半邊眉盡割吁嗟乎有錢不請非
人情眉最無用人所輕眉根不拔毛能生徒令
人醜紛惡聲利之所在人終爭人但有眉來有
名太守此日長街行見有眉者皆愁城太守何
不計之毒千錢封人耳與目萬錢截人手與足
終古無人請錢至太守豈非大快事

秋蟪吟館詩鈔卷二終

秋蟪吟館詩鈔卷三

上元金和亞匏

椒雨集下

雙拜岡紀戰

我過雙拜岡紅日漸西入一隊蜀郡軍赴戰意甚急道旁皆狐疑相隨頓雲集前行未百步楚士兵各執狙伺何人家環屋四邊立尚欲踰垣看攀樹當梯級蜀軍自東來呵逐楚士開楚士轉身鬭戰聲馳如雷大刀狂有風長矟疾於雨雙拳鷹髈兜獨脚象鼻吐貼地捷進猱衝天善

飛虎身挾車輪盤氣振屋瓦舞纔驚彼洞肩卻
是此斷股額批創更裹胸貫罵猶苦直似父母
讐豈但酒肉怒從來攻城時未見今日武雖各
數十人半里暗塵土觀者魂盡褫前揖敢笑阻
兩軍戰方酣一人怒馳馬竟從此門出瞬已到
山下楚士紛逐之讕語餓鴟啞馬上必蜀人楚
士所捉者蜀軍志擁護鴉散亦走野吾儕好選
事略息行人喧稍稍相問訊來窺此家門門中
一幼婦頳顏自呼寃我亦不必問汝亦不必言
將問

我何言問諸將諸將之來自　天上　帝視公
等何如人專閫半是熊羆臣相期併力殲黃巾
他年一閣圖麒麟公等伴賊八千里於古步步
綏當死軍興於今四年矣神州之兵死億萬以
罪以病不以戰大官之錢費無算公半私半賊
得半奏捷難爲睡後心籌糧幾奪民家爨今春
自楚東下時賊船如馬江頭馳頓軍何事來偏
遲坐令嚴城入賊手五月不能攻下之公等尚
學飲醇相白頭老盡連營師　天語勿謂督責
寬雷霆只是駢誅難謂當補過桑榆晚酬　恩

不負登時壇昨聞北去賊中原數郡犯及今無
寸功罪狀誰末減君不見百戰百勝新息侯征
蠻到死譏逗留

兵問

兵來前吾問汝汝今從軍幾年所且不責汝無
事年年年用 國如山錢亦不責汝近年事事
事弓刀盡兒戲只汝出門時汝家復有誰若父
若母若汝妻若兒若弟若汝兒骨肉哭路歧不
能親相隨旁觀代銜悲祝汝歸無遲自從送汝
後竟無見汝期古人亦有言生死半信疑何知

汝身在身在心死久煙牀鴆毒甘博局梟采負
帳下畜村童路上誂村婦村民米與衣結隊惡
聲取縱免將軍誅可告汝家否汝家儻聞知念
汝罪難赦老者愁可死少者悔可嫁壯者欲汝
囚幼者亦汝罵汝或猶有心不淚當汗下計汝
惟一戰功罪在反掌豈但慰汝家報 國受上
賞君不見中興第一韓良臣本是軍門舞槊人

雙將行

如我語語謿將軍將軍何以威名聞賊不敢割
鍾山雲鍾山在東營最後西營前一營倚山右逼

賊一里與賊守其將白面二十餘一槊殺賊賊不如賊以千刀來一槊已入刀中呼賊以萬火來一槊已出火前趨賊懼賊且退一槊闌賊當溝渠賊敗賊乞命一槊驅賊如羊豬東城之賊夜不眠由來軍中有一全（參將名玉貴）更結一營鍾山南但願賊至戰便酣其將短身近三十兩刀飛舞對賊立開門延賊賊不入出門挑賊賊不集捉刀稍前賊走急賊走未步刀已及刀旁衆賊環而泣但聞刀聲風習習不知所殺若干級衣上半邊人血溼南城之賊塵不揚由來軍中

有一張都司名國樑軍聲仗此二人在鍾山尚在桃源外將軍無言坐帳內

全君者黔人起卒伍在楚南有禽僞王子功甲寅春已官總兵奉 命佐和春督師攻廬州君至則當賊而營戰甚力其六月膂骨傷於礮經數醫鐵丸不得出憤極創潰卒張君者字殿臣粵人自賊中來歸今已積功至提督幫辦軍務方全君之去江寧向榮督師指臂惟君一人而已三年以來賊狼衝豕突致君奔命不遑雖積有威聲所向披靡然循江

上下南北人皆待命於君則君亦勞矣今年五月鍾山之潰君適逐賊溧陽（或云在六合）聞而馳歸衞督師東下止於丹陽督師旋以憂死時賊勢方盛分數道竝進君以死力走之嘗於一日夜來往三百里內各與賊戰戰比勝他軍亦數萬君所不至無敢戰者苟非君一人搘柱眡隤則常州以下東南郡邑事未可知焉他日吳中尸祝之報竊以爲不在向督師而在君也（丙辰八月補識）

鄰婦悲（時復寓鍾山南二里之村民劉氏）

還家不得處寄居非家時涼雨睡未起但聞鄰
婦悲鄰婦作何語一家十三人中春纔幾日盡
死餘一身此禍何自起起自賊至夜夜半聞刀
聲走避北山下遠投山下村村中阿姊家自然
驚失魂隨風播在沙風沙將魂去老幼一時病
舅姑年最高先後遂垃命夫婿及小郎未嫁阿
妹三比肩小男女四女纔一男此病死略同彼
病死不異朝死棺未封夕死棺又至官軍駐鍾
山四月歸家來生者尚何人一女唬母懷頃者
天大暑此女復病死生者尚何人屋內一身矣

如何乞醫藥死者未死前死者既死後如何償葬錢惟有一塊田亂時向誰賣賣後衣食難但恨一身在一身豈免死死胡獨後期一身豈惜死死更無人知人間人不知鬼路鬼自熟只願作鬼安不願作人哭不願作人哭哭聲已不支問答有老翁欲慰難爲辭鄰婦如此悲所以摧心肝我非鄰婦悲何以眼鼻酸

見彗七月初八夜戌亥之間見西方自後日早半刻至八月初遂不見

半輪秋月外頓見一星長直與繩同體明如燭有芒衆心雜驚喜或謂彗見是賊方盛時或謂彗見則賊滅是二説者余皆

未敢知也

余說只尋常彗自經天走西人論已詳余於天文無所知惟古以彗占驗者亦不必盡合嘗見西洋人謂彗星非一若以往事推之其周天也亦約略可得其年歲如道光五年所見之彗至道光三十二三年間當復見今則正其時矣西洋人之言天文未免與王荆公同病然其所見之年歲能預言之恐亦未可厚非耳以俟博雅君子教我焉

將渡江之全椒作書寄母

入秋已一月別母今幾時母之命兒行謂獻軍門奇百謀不一合前事母盡知近來寄人食十日常五飢身上衣綺單涼風作聲吹前者瘧又發熱甚體頗羸牀頭無一錢村中亦少醫全椒

舅若姊書已三回馳召兒居全椒今日兒難辭
當兒出城來萬慮不到斯一城尙隔絶渡江況
遠離束髮受書初侍母鐙下帷母言教兒勞翻
祝科名遲常常依膝前負米底不怡讀經至盲
左包胥退吳師小子沈后藏入吳與母隨一旦
自歸楚棄母甘如遺葉公不正視兒弟生鄙夷
論史至典午劉琨急義旗奉表命太眞母裾絶
臨歧既去并州鄉身遂東南羈功雖敵士行天
性識者疑母輒呼兒前毋效若所爲所爲非人
情不念生平慈兒亦跪白母但效萊綵嬉似此

忘親恩豈不根本虧何圖夙所貽一一兒蹈之母猶寄賊中兒竟遊天涯母今病若何賊是無行期何年面重見何月手復持何日聲相聞何時淚對垂兒縱得長生白髮卧者誰作書忍辭母強顔述愁眉雖多慰藉語大要同面欺遙想母見書絶無責兒詞責兒兒已遠惟有長相思相思願兒健仍似從前癡癡極思更苦定復悲不支悲時孰勸母當未生此兒果未生此兒尚無此日悲

曉發

單車碾殘月村巷答雞聲花露逼人冷葛衣如紙輕江空催曙色山瘦讓秋晴親舍日趨遠白雲何處生

抵全椒 余生於全椒九歲歸江甯今二十有八年矣

襄水重來老大身兒時井里認難眞誰知竹馬看花地今作池魚避火人以後生年原幸草無多客路已勞薪望門隨處欣桑宿甥舅爭先話苦辛

到全椒後徧飲諸親友家

乞食居然似壯遊到來宵燭總句留盞談軍事

同胡賈愛問鄉音又楚因諸親友家頗有江甯人寄居者酒力能除兼月病蟲聲不改故山秋人前彊道思親苦豈抵重幃老淚流

聞落葉聲有感

夜夜空階落葉橫因風隨處答蟲鳴紙窗如墨每疑雨華髮成絲是此聲蘭芷江邊遷客淚蘼蕪山下故人情飄零自分無歸日略向歧途訴不平

呈從舅吳築居先生

我生方八歲全家寄舅居深深修竹中許借聽

雨廬阿舅纔中年仗筆爲農鋤遶作珠履賓歸已逼歲除劇與我父飲到鼓一中餘我幼何所知階前鳴輕琚阿舅月旦寛道甥器璠璵其時浩然師即先生弟余第六舅也下帷治經畬我母屬多病命兒就受書讀了不異人蠢蠢奴牧豬不過問字勤朝至髮未梳宵雪侍披吟免觸屏風呿阿士無文章何以當過譽明年還江南行及燒燈初阿舅惜甥去門前送登車諄諄語我母長路毋苦渠別舅從此始見舅日以疏惟當試秋闈阿舅來自滁一月金陵城我母接笑欣謂舅非

外人食恆糲與蔬舅必叩甥學陳編孰獵漁我
敬前請益常得疑團祛後來舅漸老名場厭齟
齬忙槐意常慵罷劵博士驢我尤負舅望少壯
成棄樓碌碌局轅下足不出里閭我母况更衰
家乏升斗儲寒氈急甘脆塵務漸紛拏地雖百
里近欲行仍姑徐與舅遂隔絕似限參辰墟前
年吾師亡會喪豈躊躇適我痁甚危天末哀空
茹遙知阿舅痛一翼忽折鷴鼓琴失舊曲老淚
常潛祛我母每念舅棄日意不舒詎乏尺素通
情話難畢臚今來投舅家叩門自愁余長身贈

骨在瘦影疑山魑面目黑且醜蓬髮森栟櫚回首三十春如瞬馳居諸何知拜舅時乃作逃網魚阿舅幸尚健教甥停欹獻薄田歲有收不愁甥食糈爲縫秋衣裳且脫六尺綀舊時我居屋百花香露滑大好尋鶴夢月地魂蘧蘧所恨行過處久哭絳帳虛阿舅待甥厚敢辭春風噓眼前母家人日日歡相於我母卧圍城舅謂悲何如

馬總戎龍卒於軍弔之

若論江南將如君頗不多志難忘墮甑語必到

揮戈獨戰能行否無醫奈病何别時珍重意今日爲悲歌

九月九日

登樓忍餞素秋殘尚有清明淚未乾敢望菊開容手把但聞萱好亦心寬愁多自厭鴉聲亂别久方知馬角難等在山城風雨節衆中我獨不勝寒

上海城陷縣令袁君祖悳死之其賊魁曰小金子前已爲袁君所獲而未殺至是竟爲所害

屠伯原非治行宜奈他䙌釁輟耕時效尤竟敢

欺强弩用猛何傷斬亂絲一命貸狼搖尾易萬聲雛鳳噬臍遲盤根錯節今都是寄語龔黃草主持

宴築居舅小園坐上諸君皆有贈詩賦酬

過江原似故山行卻戀南雲夢不成許我看花先蓄淚對人把酒且吞聲胸如冰塊因誰熱髮有霜華早自驚青眼未須頻屬望飄萍從此是餘生

過吳氏園本余外祖家園也今別歸一吳氏其後樓為余初生處

一樓燈火半河濱地名半邊河曾此虓聲夜惱鄰翦燭尚留垂老客有先君子舊好一二人尚能識余覓環已似再生人滿栽黃菊都新樣還倚青松亦夙因豈獨傷心慚宅相眼前誰是舊家親

過達園廢阯弔吳山尊先生

先生駕鶴三十年在何洲島爲神仙人間遺下好樓閣回頭一夢成雲煙想因圖畫似天上不教久落緇塵邊斯園四美我曾見先人舊宅園東面締交夙證雷陳盟結鄰晚遂羊求願其時先生方棄官謝逋招隱還名山謝逋招隱賣賦買山先生園門

聯也種樹眼前名節表藏書身後子孫看不須金
谷豪絲竹何事平泉珍草木先生自構將就文
外人早羨瑯嬛福胸無萬卷通人才談何容易
停車來題襟不問草元字秉燭難登文選臺酒
非三盃驚人量亦莫輕來此堂上鎖門投轄嘉
威侯廣座傾尊北海相別有生平廣厦恩更令
海內仰龍門但聽平津賓客語都識洛陽錦繡
春我年太小纔勝衣學書尚恐辛羊非偶從先
人拜山斗舉頭四壁香塵飛不知林巒是何物
臨行但乞花枝歸一自先生埋玉樹先人亦返

金陵住望裏還知星聚堂長成尚記鶯唬路漸有人傳水石差漸聞人說散煙霞紅蕉栽入衙官屋么鳳分棲駔儈家我猶未信無椽瓦大抵蓬蒿徧階下徐鉉故園今賣茶李靖荒祠誰養馬今來頻過小橋旁不見藤蘿一寸牆半里寒流戀荒徑四邊衰草占斜陽零星略有幾拳石黃葉疏林不成色石下宵眠守菜傭林外朝逢掃薪客園名偏有路人知我況先人杖履隨若說蘭亭觴咏事要似西州痛哭時先生於余亦得爲舅家

當日斯園月與風尚在誰家詩卷中海上從來

多蚤氣南陽沁水千秋同先生雲際定含笑不用招魂向碧空

贈滁州張瑾山瑜

結客無家日先嫌衆裏身吹簫當末路傾蓋得斯人酒好休辭病詩多不計貧桃源何處是可許結比鄰君先賊未至自滁州遷全椒近又將遷居遠鄉

拜舅氏吴履吉先生墓四十韻先生諱坦以諸生終無子惟一女適楊氏即今余所寓也余幼時寄居全椒受外家恩尤多

山色瘦蘼蕪溪芳寒菩荚爲尋蠅弔冢遠至雁鳴郊懷舊銘剜蘚銜哀坐藉茅請從西景睨與

奏北聲脩姓望唐韋杜儒修漢服包酒兵誰敵
虎文伯此騰蛟熱手羞因竈閒身老繫匏平生
千卷業流輩幾人交神促乖龍夢先生卒於辰年兒遲
綵鳳胞遺珠一星小埋玉九泉坳長夜今尤駃
餘田孰守墝墓旁本先生田今已歸他氏只添秋草宿難免
惡麈淆陳壙妖狐搰荒溝狡兔跑野燎焚宰木
鄰糞漚滛宵雨潤耕偷垈冰乾獵趁罘村尨肯
呵護山鬼亦欺呶不信藏魂魄由來等影泡紙
錢慳蜨舞麥飯斷鵶捎棄豈參軍忍悲胡太傅
教若令餒貟苦未必恨全抛昔我生初歲寒家

旅寄巢每懷剛學語舅膝每編髻賜果調行急

分花祝醻姣督支歌蹈踧故試字礉磝肩絹容

塗墨琴絃聽放膠風神江最賞月旦阮何謝慨

自門停鵬愁過室網蛸詩無元禮說書尚湟陽

鈔九載蜴依甯三春客渡灤兒時恩竟負天外

首空抓欲訪齊蒿里還陳楚蕙看有心澆趙土

何日返秦峭昨以鳥遭紲新爲魚避罩此鄉桑

宿薆華屋竹看苞殷帳燭曾翦謝庭棋罷敲慘

從橋墓祭敬代鄭孫庖（先生沒後十餘年始嗣一族孫在遠鄉亦不能時至祭掃）病蟀驚蓬末饑鷹瞰樹梢喧闐逢社鼓髮

髴過雲旓敢謂靈招鶴聊當淚制鮫芙蓉城在望歸慰蔡家甥

聞江盜婦女有出城者 十月之後賊許婦女出城采薪乃有逃者自賊婦官至村民至我兵以夾賂之事可不敗然吾母卧病之人則無如何也天之酷余甚矣實余不足以回天俾母病早愈耳

天遣春柴老人欣夜綱開但令金有用不至命難回獨我臨風望遙知伏枕哀筍輿猶未可況得杖聲來

哭湘帆戶部二首 有序

君名壽昌滿洲鑲黃旗人世駐防江盜

君以道光乙未舉鄉試一上春官未第適改駐防人鄉會試例用　國書非君所習驟學之不能盡其奧遂無聞達志吳縣馮景亭先生來主惜陰書院講席奇君才時駐防人官京師者仍得如京旗人與漢試先生赴官　京師與君乙未座主今相國卓公謀乃囑君納粟得小京職駐防將軍不聽行督部陸公力主之君始就部爲散員得與會試以道光三十年成進士改庶吉士咸豐壬子

散館又改主事君仍鬱鬱不自得君體
素羸自入　京師益常常病今年之春
聞賊趨江寗走健僕來迎母夫人及妻
與子未至而江寗陷家屬賊中不得出
君病遂篤四月卒君博研諸經尤善言
說文假借學所著書皆未成惟夏小正
疏證聞已具稾文入南朝人室詩宗蘇
長公　本朝滿洲人之文章經濟多有
遠勝前朝者而江寗駐防中則如君者
實從前未有君與余及蔡君紫函琳孫

君澄之文川交最密余於十月在全椒始聞君逝驚逸之魂才力愈茶蓋未足以輓君聊存短奏用塞悲耳

春風容易替回寒如此招魂底用官　帝里傳人伊古重江東才子到君難名山有約分金鐀滄海無情降玉棺幾輩天涯同志在一時都恐淚珠乾

半爲干戈阻石城青春有夢總鵑聲全家尚在亂時過一命先從愁處行他日誰猶問遺稾斯人天竟肯虛生長安煙火非君福不但玲瓏病

骨輕

寫在營諸詩示客題紙尾

筆端何事好譏彈公是公非欲掩難尙忍百分

爲借平國諱敢誣一字與人看歌行未必當呼史

笑罵由來自作官論著潛夫詩歇後我今膽大

署從寬

江盜糧臺爲兵所掠

如何平地有風波減斛量沙竟反戈若輩狼心

誅自快諸君象齒計終苛寄家方恨黃金貴到

枕誰知白刃多此夜萬聲燈火裏不知村井幾

驚訛

北警有作

此賊江南守城賊江南欲戰戰不得料無人奪江南城分走中原到天北遷延竟作　至尊憂此日羽書馳　帝州此日江南寒漸甚諸公無事正輕裘

祁兒生日枕上作

七年前汝此時生夜雪初停雞正鳴今夜雞鳴聽殘雪枕邊只少汝號聲

詩卷零星付汝收睡時夜夜閣牀頭如今定在

灰塵裏此事思量淚也流

校吳次山先生遺稾

悲來欲酹五千巵恨不留君到此時河北陳琳先氣短江南庾信太聲雌本無枯樹驚人賦竟有韓陵共語碑第一羈棲眞快事擁衾苦校故人詩

出門

寒衾負獨眠遲起尚云早冒雪叩人門不信貌枯槁誰知黃塵中午飯炊已好主賓虛左留豈類亭長媪長揖從此辭乞食亦有道

小飲呈築居舅氏

寒花拂檻酒盈卮都是辛酸欲淚時芒刺繞腸無著處苦吟夜夜不成詩

歲暮

暮天霜氣慘斜曛寒到羇人更十分欲訪梅花吟卻嬾未嘗椒酒意先醺經秋僵蟪羞遲死盼曉飢烏悔失羣家信萬金無一字長江百里斷知聞

落花生三十韻

甚欲藏先敗萍雖化亦凡未聞珍果飣乃自落

花衢涸海潛消鹵童山廣鑿巉田難宜我稼種
別乞仙函方夏靈根孕延秋怒蔓髟葉圓貪欲
露茗曲巧攀巖星蕊黃欺蓿雲絲綠借衫無聲
金暗噎有味玉初緘香汞從教治團焦詎用監
含辛蟲不蠹埋秀鳥奚鷗霜重晨收芋冰乾暮
伐欃貨防眞棄地人競遠攜鑱藤朽蘿剛縛薤
繁豆敢芟披沙和草掬篩鐵恐泥攙珠串多連
貫銀丸或獨嵌寸疑蔥樣斷皴孰棗紋劉折處
腰憐瘦拈時手稱摻呪瓊拋素粒吹絮解緋衫
饎裹翻嫌潤鹽霏略配鹹分甘兒拾慧下酒客

除饞販粟來塵轂包蒲趁估帆每迎新歲早如
累左高咸水戒當風漬霉愁漏雪黬論錢輸錦
市饋橘比瑤槭況此冬心畜關民日用碞醡油
肥當堯烹飯飽呼饜粵野忠思獻齊農笑更杴
底尋芳譜載似鄙小言拈榷許書功竝瓜還禁
食嚴長生名可妄醫術問天讒

枕上

孤鴻號處析沈沈病有眞魔睡敢侵鐵縱鑄成
都錯字桐經燒後是焦琴鐙昏不照吞聲淚酒
熱難澆忍死心籥寄也愁風鶴警由來我本是

驚禽時盧泚亦陷於賊椒邑頗警

漫作

人說殘年盡余愁此夜長由來微醉後無夢不還鄉家信隔江水春歸更斷腸鐙昏了無寐欲睡幾商量

除夕與楊君儀吉家宴

依君五月忘飢寒今日宴我徒悲酸君翁白首兒束髮大家燭影紅團圞杯斝獨勸座上客到此能醉無心肝感君情深拜君賜忍淚不流聲彊歡

除夕又作

遙知姑與婦今夕睡尤難粥椀和冰薄絮衾經雪單相看惟涕淚不惜忍飢寒應更憐逋客一枝何處安

甲寅元旦聞鴉

村樹惟棲鴉向曙鳴最早鄉夢徒荒唐累汝報春曉俗耳無鍼砭每爲惡聲惱我謂汝能言畢竟勝凡鳥九閽夜沈時啞鳳知多少但有臨別辭緘口世所寳他日汝東行愼哉好音好

吴漢西金署 表兄以正月四日與邑中諸

名士遊程氏園林得聯句十四韻明日見示索和余用其韻得四百二十言奉酬兼示諸君子

新年俗所尚聚歡紛雜哤入市輸金錢翦綵矜春釭夜燕爇高燭鉦鼓喧擊摐或招羣少年梟雉喝不降何異兒童嬉拋堉而緣橦諸君非其倫閉戶酒一釭乘興偶尋幽勝侶奚寡雙雖無鸞控車不用驄繫椿雖無海人槎不費吳孃艭蠟屐平生蹤行行渡漁矼梅信有人家新香姑射娏叩門忘主賓席地憩勞躞是時雪初霽斜

日紅半窗坐談松濤邊輕風時琤瑽溪流帶冰聲石上鳴漎漎塵夢欣遊仙直至天色黯茶力逼酒消八斗才同扛作詩印鴻泥字字吹鐵腔歸來不厭晚新月剛垂杠詰朝寫示我氣結徒瞠瞠清福獨我慳莫振聾與矓一世黃埃多坦途亦巇峴況我遭亂離脫身從戈鏦忍死背鄉井幸託甥舅邦此邦亦風鶴日日心鹿撞驚弓鳥之孽彌覺寒戰愯敢云乞食樂遂若佛卓幢儻復志名利死負謚駭惷安得武陵源地可承耕耰我欲偕諸君追陪足音跫其間有佳趣古

風尤敦厖人皆老不死髮禿眉且龐春酒廣種秫冬粥兼蓺豇先人安墳墓何必阡表瀧子孫不讀書愜農性乃悾山鬼餉蘿荔游女秉蕑茳病餘自采藥每得芝苓挪居然天上人雅馴及雞尨不遣青鳥使誰馳萬里驡不許桃花飛誰挂三春籆斯境徒妄想我心繫南江薄醉聊呻吟哀音答村梆

送瑾山移居花山

一度别君如一歲相思夜夜定同心尋常得見尚如此況君入山今更深自有桃花供嘯傲可

憐萍梗只浮沈何當盡脫春衣典多買村醪細酌斟

全椒南郊晚步

書聲琅琅梅花香一時吹送春風忙知有人家不知處山雲溪水天茫茫燒火難灰草心綠夕陽漸放人影長獨步五里不忍去半身新月山昏黃

江寍死事詩十四首

江寍布政使司祁公宿藻 公字幼章山西壽陽人進士自壬子之冬督師陸

公赴楚城防之事公以一人任之逮賊之至公力已瘁癸丑正月二十九日賊既圍城公登城厲衆固請啟城一戰督師及駐防將軍宗室祥厚總理籌防前廣西巡撫鄒鳴鶴皆不許然其時城中固無兵矣公憤甚歸即歐血數斗是夜卒公之初視政也策書院諸生以金陵利弊問余對獨言兵公甚韙之葢至是公未嘗不悔兵之不早集也

忍見環城賊英魂上訴天是眞身報　國不在

戰功傳未事柯先假能軍互或全書生知此意

血色定千年

欽差大臣兩江總督陸公建瀛公字立

夫湖北沔陽人進士公受命督師在壬

子之十有一月江南諸道夙所稱爲勁

旅者先已調遣略盡公僅萃吳淞罷卒

二千人以行時賊方陷武昌掠衆東下

上流亦未聞有撓㚖之者而公獨迎賊

而戰軍於湖北之武穴既戰大潰還江

盜不二十日而賊至公守陴十日瘠甚

二月初十日平明時聞儀鳳門壞儀鳳門北門也公時在南門急率裨將數人往先過東門請駐防將軍兵爲援行未至北門而賊自他城登者已走及小校場與公值公督裨將巷戰遂遇害副將佛爾國春從公死公之潰武峽而歸也濱江各大吏之防禦如何賊何以能遠來江盜其上流之軍皆與賊自粵楚相先後而下者犯江之役何以尾賊獨遲其情事非偶見所能詳則公之功罪亦

容有吾輩所不能言者至於城陷之日公實首殉之既彰彰在人耳目而專仇公者或有他論則不敢與聞矣

羣醫同釀病俞扁尚難回孤軍況羸者深入能戰哉矢忠房太尉鼓誘石邛崍地下鬼雄在應呼殺賊來

上元縣知縣劉君同纓　君字清溪江西新建人拔貢生城防之役自方伯祁公外無勤如君者當儀鳳門初壞時君督城上軍以空櫬實土復粲米囊立築

之初十夜尚率勇士數十人間行移步政司庫銀數十萬於縣庫中志在戰城內賊也十一夜駐防兵盡敗没君乃走出明日赴縣治後龍王廟前潭水死説者或謂賊入城後知君能欲降君以一黄旗畀君走君乃以劍自剄非事實也時江寗縣令張君行澍字海門者於督師殉城時奔告君出即赴四象橋西河水死亦所謂衆見共聞者而事後多謂其未死則眞愛憎之口矣故附表之

得君十數輩辦賊亦何難未死心猶壯多勞膽早寒補天資片石埋地騰狂瀾豈有豺狼性車前拜好官

上元縣學教諭夏先生慶保　先生字履祥儀徵人舉人城陷日四學師皆散走江寧省城凡六學時府學訓導武進歐陽先生晉守城死惜不得其事實先生獨止其廨命役市阿芙蓉膏不可得盡以所畜十五金授其役曰我死以此市薄棺掩我尸餘則餉汝慎勿救我役諾之乃懷印而縊而役已呼他人救

之矣先生恚甚其廨之旁有吳生者謂
先生學師不殉城可無罪請父先生彊
先生居其家約乘閒奉先生逃先生持
不可方勸勉閒賊已至詰先生何人先
生曰吾官也探以印提賊賊刃擬先生
先生大唾罵遂遇害
先生平日志兩字盡人師大暮方含笑旁觀自
述悲十年眞冷官無飯活妻兒若果作斯想難
爲飲刃時

守四方城淮安兵　淮安兵者漕運總

督標下兵也調守江𡨋者凡二百人儀
鳳門初壞時諸城駐防兵聞之先退守
內城新募兵萬餘人亦隨之而散賊乃
得由清涼門及矮城緣梯上惟淮安兵
仍守四方城不去四方城者南迤東之
城角也故名地非賊所必經然賊欲速
下城則往往經此淮安兵皆殊死戰自
晡時至夜將半已殺賊無算既而火藥
器爲賊鳥鎗所中火大發衆稍稍卻遂
敗於賊二百人僅有存者

諸君亦癡甚奈此一隅何已啟連城鑰徒麾落日戈從軍家食久許 國死心多安得淮陰士當時四面歌

滿洲全城男婦 駐防兵既退守內城初十日昏時諸外城已無守者居民亦皆閉戶矣賊乃聚攻內城內城雖婦人童子能戰者無不致死力凡戰城下一日夜賊之死者蓋已萬餘而賊至愈衆內城乃破自將軍以下至與戰男婦皆死之賊遂屠其餘得免者數百人而已

一人都一戰到死氣如雷不殺萬家盡嚴城未
可開頗褫魑魅魄拌築髑髏臺斯壯 帝鄉色
鵂鶹夜莫哀

前浙江副將世襲雲騎尉湯君貽汾
君字雨生武進人祖父皆死臺灣難者
君用廕生官至副將軍以詩酒罷官歸
寓居江寧城陷日君賦詩一章自縊死
先是君營別業於冶城山下晉卞忠貞
公墓旁卞氏子孫訟君侵墓域君挾當
道力不爲屈至是君亦殉賊難然則君

固卞夫人所謂忠孝中人也其於卞公必有相說以解者故篇終及之

君豈能無死家風帝所庸賦詩完結習難得是從容負氣定常在西山最上峯卞公忠孝者今後儻過從

前山西忻州知州曹君森　封工部主事胡君沛　曹君字寶書上元人進士起家縣令官至刺史　予告歸胡君字燮園江寧人貢生晚受從子主事　封城陷日皆衣冠自縊死

儘許商量活高年一命輕承　恩周命士守節
漢經生鬼趣甘泉壤人倫重姓名兩君何可少
纔不愧簪纓

諸生王君金洛　君字蕉鄉上元人君
好談兵方賊未至二十日方伯祁公屬
君募鄉兵練之倚君甚重君亦慷慨自
期許兵未集而賊已至矣城陷日君預
懷大石洞重門待賊先一賊至君殺之
繼一賊至君又殺之繼數賊至君舉所
殺二賊首示之賊前擊君君走後戶赴

水死君平日勇於作爲不知君者有周
孝矦之疑篇終云云惜之乎白之也
縱使君專閫兵機未可知才雖勝處障事已等
輸棊即此礫梟首居然留豹皮蓋棺斯論定畢
竟烈男兒

機匠父子

機匠某者居西南城隅下
浮橋右委巷中與三子皆絶有力賊初
入城比戸括財物苟屋非甚華啟則入
閉則去於是居人皆閉戸匠戸獨啟坐
候賊其室僅三間各以一子主之置刀

杖隈處賊衆至者則傴僂肅送迎賊見其無長物輒棄去賊若三二人或一人至則必止賊過其家賊才入即鍵戶而守諸子視賊所至室執而殺之於後圃埋荊棘中既埋賊復啟戶如是者十數日所殺賊將百其繼也鄰有老婦人忽戒一賊毋過其家事遂露羣賊夜來圍之與二子皆鬭死惟中子得脫此余癸丑五月聞之於橫山村民蓋亦爲機匠城中去所居非遠嘗親見其殺賊者說

時略述其姓名今余忘之矣
健兒終弃命彼婦竟何心魂魄或無恨生存已
到今大家都敢死何賊不成禽十日磨刀慶中
庭殺氣沈

青溪妓 青溪妓者其姓名傳者異詞
姑闕疑賊既圍城諸妓樓皆早徙此妓
獨留城陷後一賊入其家知爲妓欲犯
之妓不許賊將逼之妓甘言緩賊去爲
窮綺裝赴水死

豈可滔天寇而容近妾身半生爲蕩婦自古有

波臣縱欲移家去春城總惡塵此時心事苦吾輩又何人

武昌女子　武昌女子者在賊中姓名爲朱九妹然眞僞未可知其全家爲賊所驅自湖北移江寧癸丑之冬僞東王欲納之僞東王固賊魁也女欣然入賊王宮宴驩甚女潛寘毒藥於酒若食中進賊王持之急爲賊所察立磔死於是賊選色之令遂弛焉

此亦霹靂手何妨見色身不聞教坊曲猶唱費

宮人事豈論成敗天宜鑒笑顰餘威賊膽碎兒
女受恩眞

張丫頭　張丫頭者里巷習拳勇之民
世所稱爲無賴子也城陷後浮沈賊中
近一年能終不爲賊所得蓋其智有過
人者甲寅二月張君炳垣既與外兵成
謀計非有勇士不能斬關迎外兵或舉
張於張君張君使人說之張不可曰張
君知我必自請我乃爲知我者死耳張
君聞之即日過張張大喜許之至期張

袖大刀夜至神策門盡殺守門賊二三十人候外兵外兵迄不至張遂惘惘歸既而賊推殺人者甚急適張君事已露有知張附張君者白諸賊賊乃捕得張張呼賊速殺遂先張君死先是有倪了頭者亦以無賴稱於賊陷城日凡賊獨行委巷中倪伺左右無人即袖出刀殺之凡殺七八賊賊終不得主名後不知所往與張爲二人邪抑即張而傳者倪其姓邪故附表之

纔知刀有用熱血滿身歸殺賊心原在收城計已非三軍常健忘一載只長圍值得酬知已江東賤布衣

諸生張君繼賡

君字炳垣上元人自圍城時君與當事謀所以守禦者甚備事不必盡得行行亦不必及於事城即陷君即日變姓名屬僞北王僞北王亦賊魁也所私屬凡數千人君察其解事者時時說以大義竝陳利害訹之則皆色然動君知其可用乃與鄉人謀之各

以其親知從一時之潛結者半於城於
是楚北人爲賊脅者聞君事皆爭先附
君雖楚南粵西人亦往往而至君部署
略定癸丑八月遂以五千人名上諸向
督師顧應外兵督師喜所以嘉許者逾
常格既與之約皆失期爲督師謀者欲
自飾其諉也且多方誤君城中人皆咎
君語不誠稍稍散而君時時往來督師
營受賊譏察亦數瀕於敗蓋至甲寅正
月而君力已憊然君之衆猶千有餘人

乃約二月五日殺神策門守賊納外兵外兵未赴以雨辭張了頭死焉而君之事先露矣賊收君窮君黨刑毒非人理君與賊游久凡賊之勡勍能爲賊出死力者君皆知之君輒受一刑畢則曰吾黨夥汝以册來吾徵汝則出册君以筆志其名賊即駢戮之十日中凡死四百餘人皆昔之勡勍能爲賊出死力者也於是賊之驍大損賊亦悟惟苦君令言楚北及江盜人君遂無語餓已死賊轘

君尸故凡與君同謀者皆得逸出於是
無應外兵者矣嗚呼君之死也最後而
君之死也亦獨慘余特以君殿焉癸丑
十一月余聞君與營中往來自全椒急
馳書緩之蓋余留營中幾一月有以慮
其事之必不成矣惜乎君意方銳也

萬戶侯相待原拌七尺軀鬼都瞋賊酷我敢哭
君愚黑海橫流是青天醒日無連營消遣過苦
費大聲呼

江寍之陷也在事文武專防守責者前後各

殉其事蓋未聞有爲賊得者即閒散需次諸君亦往往勇於授命至於兵士之喪元又意中事矣其城中僑居土著之戶自薦紳以至齊民城陷時倉卒爲賊戕者城陷之後縊者溺者焚者鴆者或老弱同歸或死亡略盡鬼錄所登殆不可以千萬計至一年以來孰者以謀遁洩語孰者以文字挑釁孰者以他事株連其見殺於賊者又若而人苟言其義憤則從同而概爲表揚則反漏他日公私祠祀俎豆千春必有總其成數以爲一書者吾所

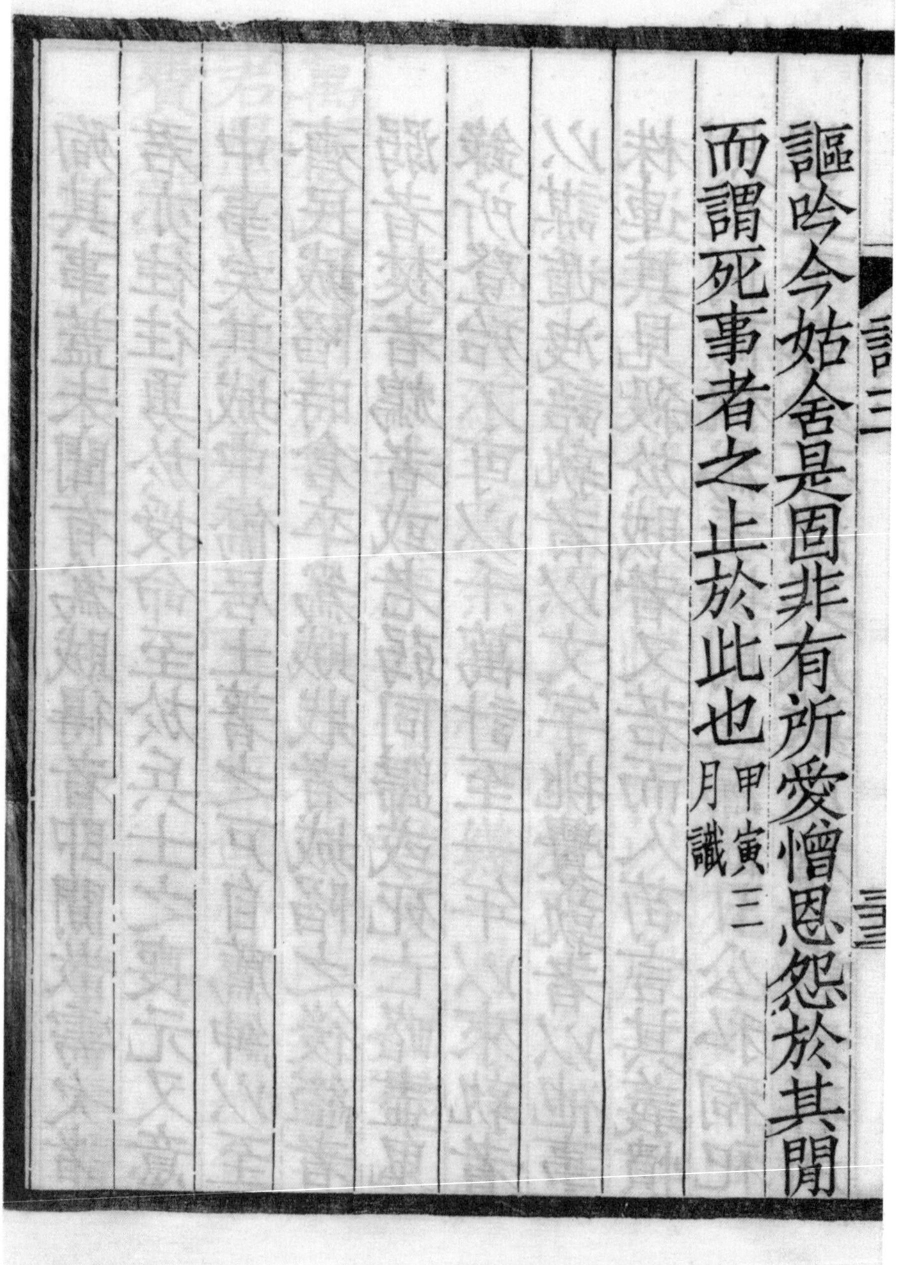

謳吟今姑舍是固非有所愛憎恩怨於其閒而謂死事者之止於此也甲寅三月識

是卷半同日記不足言詩如以詩論之則軍中諸作語宗痛快已失古人敦厚之風猶非近賢排調之旨其在今日諸公有是韜鈐斯吾輩有此翰墨塵纖略相等殆亦氣數使然邪若傳之後人其疑焉者將謂醜詆不堪殆難傳信即或總其前後讀而諒之亦覺申申詈人大傷雅道然則余此詩之得罪多矣頃者江湖遊食更無執廡下人問五噫歌者殘秋無事以其爲昔年屐齒所在故仍端錄一本存諸篋中聊自娛悅不但無問世之意亦竝無示客之時佗日齒邁

氣醇或復以此爲少作而悔之又不但去其泰甚已也丙辰九月自跋於松江寓樓

秋蟪吟館詩鈔卷三終

秋蟪吟館詩鈔卷四

上元金和亞匏

殘冷集

余以甲寅八月出館泰州乙卯移清河丙辰移松江數爲人師自愧無狀惟以詞賦爲名於詩不得不間有所作雖短章蹇責而了了萍蹤未忍竟棄遂積爲卷葉此三年中乞食則同也而殘盃冷炙今年爲甚夫殘冷宜未有如余詩者矣乃寫自甲寅八月至丙辰十月去松江時詩凡百有餘

首命之曰殘冷集

甲寅八月自湖熟移家至全椒十六韻

全家今四口九死一生餘半載棲村落秋深不可居海隅將乞食汝輩復何如惟有椒陵戚時時尚寄書倘能容客戶行矣雁鳴初身外無長物單衾裹敗袽輕擔須老婢妻女共柴車塵步余尤苦隨人偶劵驢過江三百里喜趁估舟虛偏值連天雨空山斷米蔬幾回貪賤價不飯飽㰄魚直泝西流盡斜陽指舊墟依依甥舅舍情話重寒裾為我籌風雪居然賃敝廬寒衣縫上

褚到臘夜春儲還是慈親澤低眉痛暗茹

過揚州

殘樓破堞暮鴉愁爾許煙花醉夢休月色照人從此少劍塵埋地問誰收賊去後書籍寶玉遺棄滿道中頗有希世之珍而爲不知者所得賣之既無善價遂往往損失時淮南鹽法幾廢而鹽則甚賤無邊海水添鹽竈幾日城居又茗甌城中賣茶者又幾千百家矣莫把喧聲巢幕事浪傳消息到瓜州瓜州尚爲賊據

落葉和陸子岷鍾江子岷爲立夫師次子時方寄居泰州之姜堰館余於家

秋老江南逝水深拈花證果事銷沈可知駐馬

躊躇客自感青青舊日陰

冬筍二十韻

蓼荒葵老後胎筍又三冬竹已銜霜醉菩還碾雪封暗中鞭自長迸處土難容田壁深埋璞沙錐短露鋒芳根應伏鼬病籜那成龍進飯憎齏臼迎暄命菜傭梅鋤和月借葯棱趁泥淞拳曲貓頭覓彎環鹿角逢笏光新蠟沐綳樸薄綃縫銀管留纖纈銖衣褪內重切來雲絮輭點到水花穠踞竈饞涎溢堆盤燧玉供無聲冰乍破如屑粉初鎔清極膏嫌膩甘餘酒讓醲其香經宿

飽有味比春鬆凍縮佳人指陽回太守胸班羅
寒谷早禪趣冷時濃篝火燒尤便衝風呪肯慵
豈須談合浦休便笑吳儂不忍輕投箸傷心獨
孟宗

落花生三首

旁諸側荔也尋常一樣瓊瑤滴滴漿剛被江南
人見慣可知身是返魂香

殘紅多少付銷沈浩劫埋香太不禁未必飄零
都有用土泥滋味怎甘心

聞說風沙徧海濱無言難道不傷春憑誰報我

花時節去作生前證果人

題溆浦舒伯魯燾郎中遺稿

崔盧門第稱狂歌何事傷心對綺羅漢室郎官年最少長沙才子哭偏多絲毫竟耗愁中命金榜除登死後科山館寒燈讀遺稿教人豪氣也銷磨

晚渡邵伯湖

驅車晚至湖湖水千百頃不見水波興但見色耿耿由來十日寒凍作冰湖整欲行終狐疑舍車買釣艇柔艣難著力只以短篙打一打僅尺

餘船進與步等時復枘入鑿玉龍聲屢哽有如
玻瓈瓶因風斷寶綆又如梧桐錢帶露落金井
此時萬籟寂半月早當頂四邊老樹多氷上繪
春影其餘惟參斗直下寒芒挺霜華已暗生衣
縫溼如梗我從飄蓬來第一此奇景大聲將狂
呼聊用讕語請願得海上仙借我鍊藥鼎敲取
鐵與石煑作七椀茗或者天帝女乞我釀花醾
酌之成蜜醪痛飲博酩酊庶幾眞味醲消我胸
骨鯁奇想殊不經登岸去已猛若許中流停淸
趣十分領便從漁師眠今夜定不醒塵鞅汗未

乾何愁夢中冷

渡江投村舍宿

山色到江窮殘年此轉蓬路長貪落日野曠助
來風火外驚尨亂雲邊倦鳥空單車忘暮冷溪
樹月明中

曉發句容

侵晨十五里風猛稱微醺霜力能忘日煙光欲
趁雲澗氷添馬路戍火奪鵶羣山寺鐘聲徹下
方人未聞

過江浦

萬頃冰田簇麥芽故山遥見夕陽斜竹聲夾澗
葉如雨松影護隄霜尚花荒驛夜寒聞病馬空
天路直望歸鴉浮生已分長羈旅將到家時轉
憶家

晚經江浦西郊墦間作

若非萍梗客此地月誰看一歲四來往空林今
暮寒出門猶得飽行路敢言難故鬼渾相識揶
揄語不酸

全椒除夕有作

薄暮山城野祭多黃泉求食遠如何白楊衰草

江南路盡是無家鬼哭過

將以上元日成行有置酒留者即夕口占

傷心如我甚燈月底相干多事留行者深杯不肯闌漫言春色早爲惜客途難豈有桃花面容人淚眼看余賃居在桃花塢椒陵一勝景也客或留余俟桃花開者

過六合時方禱雨

春麥半枯農欲死三年況未息干戈若傾過客傷心淚應比皇天一雨多

泰州道中有黃梅花一株余去年過此時已開今尚未落感而賦此

淺水疏籬不斷春絕無悲喜是花身與君別後三千里不信請看衣上塵

得家信知林女尚在

別來學語始牙牙我爲餘生萬事差聞汝去年歸逝水只今何處作孤花牽衣應謂他人父墮地安知舊日家寫盡零丁啼盡血死前眞有見時邪

聞周氏姊村居窘甚

平生恩重勝同懷亂裏傷離淚未揩病久早驚頭似鶴餓多今想骨如豺遥知獨力蘭羞薄豈

有餘生蔗境佳欲致一縑休道晚可憐萍梗阻江淮

寄全椒汪赤城兼示諸君子四首

臨別飲君酒酒消常口香只今明月夜夜夜夢還鄉此地皆塵土殘春半雨暘一枝無可寄檢點舊時囊

已賃桃源住飢驅更出來我家門外樹遥想萬花開君輩喧山屐居人幾酒杯狂吟紅燭底是否憶傖才

北地原餘孽傳聞漸可平名王酬聖慮南道

盼威聲狂寇何時死吾徒信再生廬淝幸安穩魂夢近無驚出門七十日此第二回書驛騎揮鞭到期君指敝廬醉鄉數君子問訊更何如儻爲鵑唬苦多情或和余

秋舲移居泰州庭前有海棠一株身已半枯殆百年物也其枯處復旁生一枝與舊株相抱作花甚繁秋舲名以子母棠書來索詩余擬更之曰抱女棠卻寄此篇

史君庭下抱女棠當時定是昌州香慣把酸心
欺月姊不將醉臉媚花王胭脂山色正嬌好半
面妝停自嫌老接葉難垂續命絲分根空發斷
腸草旃檀雖散氣猶存前度春風未改温三生
洛浦重迴步一縷高唐有返魂葳蕤同倚春陰
綠恰似搴衣初出浴合歡羞說並頭花孝慈巧
附相思竹昔日曾譏楊玉奴只貪春睡不將雛
誰知解語階前樹今見披懷掌上珠遥想低鬟
偷掩面等閒高燭瞋人見平陽常指阿嬌憐王
母頻扶玉卮倦無媒齊女莫相疑緋醋青桃父

阿誰從來含笑撩人處便是奇胎墮地時成陰又過十年久時節如今當嫁否受聘休貪梅最香宜男祇有蘭如酒

題懷橘圖示王生

等是人間返哺兒有懷橘處敢嫌疑我今也作淮南客無復今生負米時

五月五日盱眙道中

日午逢人處年光客暗驚市傭蒲酒閙村女綵衣行舊里青溪水何時畫槳聲將軍王鎮惡天是不重生

題儀徵團蕉墩先生遺像即仿小畫山房

詩體二首

展拜英風凛太阿當時想見筆公呵古懷欲挽千鈞鼎生計眞成一目羅畫餅聲名投濁易碎琴心事集枯多鳳凰羞逐籠中雉老著寬袍當釣簑

焚椒讀過浣花篇語語驚人自放顛腫背世應瞋病馬縮頭我欲學秋鳊解經未盡周正月讀史猶遲漢八年著糞佛頭徒苦劇嗁妝齲笑到公前

出淮關

此行草草出淮陰漂絮聲中淚滿襟雞肋早知逢怒易豬肝猶覺受恩深來時春酒無賒處歸路寒衣有贈金貧賤何時更酬答餘生處處負初心

葛潭集遇同學劉生 六合道中

尚有相逢地都驚白髮新病多拌速老亂久賸奇貧長路悲秋日餘生失母人孤燈同說恨清淚浣衣塵

明日與劉生別

不盡平生事親棺葬未移有家還待食傳姓況無兒與我皆同病如今豈死期天涯珍重去衰朽要勝悲

行經六合

諸軍消息謝知聞社鼓無端鬧夕曛爲見村村村父醉一時回首望南雲

丙辰正月十三日飲浦口村店題壁

依舊春江寶鏡光試燈風裏暗停觴一年我欲無佳節十里誰知即故鄉飛渡尙思身有翅聞歌不覺背生芒從今試問髡頭柳何日容人繫

釣航　將之松江子岷以詩送行作此酬之四首

我本龍門士交君束髮時覆巢同繞樹下榻反爲師豈不增因果何期重别離舊恩與新分回首愧經帷

何事此年少春愁如草生　國仇方切齒家難復吞聲與我共晨夕論文聊慰情天涯來日隔想望淚宜傾

舊學分明在相期夙好敦文章關壽命憂患亦天恩努力酬先德清聲副大門由來珍重意仕

隱且休論

君知我貧者此別故難留作客非長策餘生況白頭浮名資乞食何日草堂休孤負平生志無家馬少游

過丹陽時聞賊陷江浦已趨而西馳急足至全椒迎眷屬同往松江

我昔轍困江南鱗扁舟遠附全椒姍一家竟作如歸賓十千賃屋許卜鄰豚童鶴叟紛情親雞犬見客都調馴此鄉風俗純乎純方期銖積賣賦緡買田長寄皇初民聽鶯遊戲桑根春羨魚

自引襄流綸桑根山名襄水名一年一釀酒最醇能令
鬚髮遲生銀今雖覓食風轉輪冬餘必返天涯
身有家已不愁蓬蘋何圖賊轥江干塵傳聞火
逼臨滁濱西道都在餓虎齗朝發而至不待申
遙知妻女雙眉顰破膽纔補驚魂新出門何處
棲荆榛荒城賊縱哀憐頻癸丑四月賊北犯時過全椒未入境旁
邑或陷齒與脣我無歸路難問津燼餘骨月仍
參辰日長誰指紅粟囷鐵鋮能謀幾束薪榆錢
雖多不救貧桃花雖紅不避秦余所居東曰榆錢街西曰桃花
塢皆椒陵勝景莫辭行路重苦辛及時飛渡江之滸隨

我去食千里蒓囘頭敬謝諸故人若甥若舅恩尤眞但願兵氣銷紅巾閭閻萬瓦全其珍他年再到神山垠吟窩終築無我瞋我斷不忘香火因

泊蘇州

胡奴說鬼豈消愁酒盡燈昏夜欲秋涼雨一城哀角動繫船渾不似蘇州

内子至

鼙鼓連江雨接天累卿遠到海旁邊焦薪近火魂先奪散藻隨波力易遷離寄事原同鷃雀樓

居時且學神仙寓屋僅一樓商量終勝牛衣泣伴我
春聲過數年

爲高篙漁太守題練湖待月圖

天邊無夜月不圓誰能移家上青天眼中有月
無雲煙一住一十二萬年古有神仙亦虛說大
家塵海拜明月淸涼世界大歡喜喜是常圓愁
是缺常圓暫缺生光遲徵雲飛來點綴之江山
錦繡黯無色狂風盡意橫空吹明知霽宇望中
在舉頭豈免憂來時此時曠野幾人立此時歧
路幾人泣黃昏大有悲聲起處處失羣孤鳥似

投暗先防老蜮知問迷難覓雄螢指不盡哀鳴
盡旦心錯疑長夜茫茫是此輩餘燼不足瞋奏
書我欲天前陳是何使者名結璘後車更有纖
阿神得無白日惟飲醇近來寒卧腳未伸其下
八萬四千戶凡費天錢無算緡虎驕竟似誰家
賓腰斧遊戲星街春坐視寶鏡頑生塵蝦蟆本
無蝕光意不覺漸狎蟾兔馴瓊樓玉宇貪容身
遂令海隅半昏黑十步五步成荊榛冷陰沈沈
霧露惡荒傖鬼鳥嗁怖人爝火無名作毒燄驚
魂四散紛青燐要之月豈久磨滅問孰受命司

氷輪雷霆一決穢濁埽請聽下方蟣蝨臣碧翁翁事何敢言且來待月尋飛軒月光咫尺九閽下此我聞諸使君者使君來自流沙東恨劍不快與我同輓粟經過練湖側練湖水綠花流紅多情招手廣寒府來照東南好門戶畫作清遊雅步看攬轡澄清心正苦何當月滿銀河秋楚吳來往長風舟使君酌酒三山頭我輩吟詩萬里流

七夕五首 鈔二

寄語雙星慰合歡更休清淚夜深彈江南夫婦

重離亂儘有今生一會難
鳷鵲橋非引鳳樓聘錢末了各歸休黃姑落得
無家累不似梁鴻廡下羞

松江早秋日有懷秋舲子岷

秋信江南有落桐算來江北亦秋風菰蒓不是
留人物夜夜揚州入夢中

菱二十韻

此物關民食秋江又采菱貴同蔬入市豐比稻
連塍泥記春池老潮添宿雨瀲相看銀鏡影頓
憶壁田芳種傍荷錢浴根妨著帶擫珊芽纖脫

纈絲蔓輭交繩葉抱雲生似花隨月拜能囊初
兜綠錦綳漸裹紅綾飛處翎偷雉行時刺礙鮻
瘦腰疑水戲微步想波淩彼美乘舟至清歌隔
浦譍葭邊深倚樹孿末暗搴藤選豔盈筐篚售
珍論斗升霞濃宜甕浸露重得盤承柔笑中無
骨堅瞋外有棱齒痕煩婢代爪力讓兒矜角竟
談餘折脂從洗後凝剝成雙翦翡玉嚼動一丸冰
非藕何勞雪如梨亦頗蒸風乾饒旨蓄屈到嗜
還憑

主人齋前玉蘭一株七月中忽開辛夷一

枝漫占此絕
玉樹當時海棠春一花寒趣染脂新誰令老去
秋風裏作盡頹顏苦向人
苦蚤
我靜如枯禪一客不敢見幺麼汝誰氏修謁及
寢宴舌端掞銛鋒來意大不善非蟁亦非蝨曰
蚤苦糾纏夫汝何自來大抵熱土變海隅腥穢
多非種易蔓莚遂孕恒河沙散處偪庭院昌陽
茜酒毋桃枝灑濃霰辟汝似辟邪汝不受烹鍊
白日常千人一二隱衣片暑餘習裸身力倘任

驅遣入暮貪新涼當睡意已倦汝乃動大衆無
聲勢潛煽初猶蠕蠕行使我毛孔顫繼皆躁而
跳茵席棘芒栫將無愜苦饑今夕與豪醼醉飽
漸無禮舞蹈作歡抃又疑羣小聚得食怒交戰
爭先一臠嘗膚革攢著箭我謀生致之將髮當
墨練平縛數十頭帳下示嚴譴手拙難提獲摸
索暗中徧呼鐙瞬繞停躍去速於電幾回誤豎
指遺糞衮上線逋誅了無蹤藏身黠甚便似畏
齒牙磨報以血花濺幸汝留餘地末渠破吾面
脛股肩背閒頑軀恣齧嚥與汝姑調停忍痛再

一錢且去我欲眠無爲久遲戀況蟲類萬千一
一才技擅或頗吞螫人以人爲鼎膳亦各理人
病而汝不中選抱此塵芥形鑽處即奧援時時
入人幕至竟孰鄉眷數曲辨汝族苦問腹中卷
蚑行胠語傳美名儘可羡汝復匙道及可知賊
品賤我雖笑罵汝爲汝作佳傳

秋夜小步溼上待月

獨傍漁燈自在行星河斜轉月初生破橋潮急
野花亂荒驛露多秋樹明珠玉難酬新雨價蒓
鱸虛重此鄉名四邊蟲語喧人耳只有南棲鵲

禁聲

落梧曲寄蔡紫函 琳

落梧復落梧又直秋風初秋風不可說但說梧葉拙梧葉神太清秋風驕有聲梧葉性太直秋風怒有力梧葉不辭柯奈此秋風何秋風本寒信梧葉亦何恨恨負春風心吹出如雲陰春風底事早惟願成陰好陰成是落時春風不如遲難道春風錯梧葉自命薄況當春前花便引鳳作家鳳來棲未定梧葉秋先病破盡青青錢飄零天海邊春風處過此梧葉眞悔死翻添春風

愁難轉今年秋今年秋冷酷明年何處綠梧葉
聲暗吞敢乞當時恩春風最相惜定知顛頓色
回頭謝秋風合種紅蓼紅梧葉在塵土祇共春
風語

代書詩一百韻寄丹陽東季符允泰

別君芍藥風春盡月在余匆匆秋已半白露凋
紅蕖宵夢頻見君中僅一寄書作書寄君時軍
聲靜如初其後屢駭聽告敗紛馳驅一將急韡
刀長眠無遠慮一將蟻潰隄至竟先籌疏兩郡
添刼灰仰天禍孰紓此賊慘非人以人爲醢菹

我昔陷黑獄變相親見諸比聞賊過處橫驅斷雞豬曲阿雖瓦全要是賊唾餘君有妻子女豈免移僻墟子韓亦家累與君壓負驢遙想呼驚魂奪步趨崎嶇相從南山南遠去賊所陆休問溪種桃可能屋隱藺君定急衣食仍曳軍門裾盡日俯捉筆醜疾將籧篨令公喜怒者近已歸里閭無復蠅吐污或當鶴盆糈君體癬若疥苓朮常宜茹無為壅遏之轉以肉養疽方暑得頻浴非種應畢鋤美酒蘭陵多曾否歡飲醵余在丹陽時君託疥戒飲凡此詢君語西望恆躊躇以我躊躇心

知君復憶予請述行者難辱君聽何如我貪南
枝棲盡室辭淮滁飄忽一千里五萬錢舟車既
來春申江循江賃僦廬樓居纔三椽臨街婦洗
梳地溼足蝨蚤蝶睡[illegible]蘧蘧朝去入村市蒓鱸
嗟盧譽姑覓一飽資薪米鹽醬蔬問價羞探囊
物物奇貨居尤恨方言歧發聲聱軒渠極意學
蠻語將進瞋趦趄曷爲遠道來彊顏執人袪豈
不念樂土避風師鶢鶋儻得數載留佳境期食
諸此吾先世鄉雲仍還歸於余先世自華亭遷宛平再遷江寧
詎知苦海波隨去舟逆挐皇天夏不雨溝港泥

皆淤青青田中苗頓委雲葉滑彌月舞桑林禁
及蝦鱓屠借押已有游閒民借名耦召耡翦草縛
百龍麐集太守衙借押非時欲貸粟其狀狡甚狙
若輩茍苦飢寒野覓橡櫧一旦聚爲盜篋恐白
晝胠憂旱且未已疫盛邪挾魖巫禨重舊俗諱
若神言臚夾道盈香花繁唄鍾刓鐻借押我家祇
三人次第符繫袽晨熱昏欲酗夜起欣涼蠨爨
煙常不興鮭菜殄乳蛆典我白布衾藥裹供嚼
咀幾束肘後方待付鈔書膂即以二者論眉顰
安能舒魆尙不足詛魅亦不足袪最憐猢猻王

舌耕非菑畬我初坐經帷弟子前問疋眉目好
若畫比翼鳴鷁鶂性乃不好讀如卧時聞呿勸
勉術既窮下筞威仗笨何期主人婦於意大齟
齬謂師職孏毋技胡黔中驢遽代越俎庖使擁
皋比虛本來下客飴冷炙無完腒草具漸不飽
驪歌此權輿尙欲曲彌縫陰竪降城旟傅婢忽
監軍屏後衣見練稍有不措意大聲雷震砠未
辨呵罵誰只合耳貫璩獄獄閨房雄有是摯者
睢余雖靦然面客氣久埽除爲師至於此豈復
可忍與況彼翩翩兒藍田雙美璚坐廢無磨瓏

自問嘶作儲昨已請絶交敬謝之智諝明知廣
厦稀微命天植噓或者黄塵寬有地容病樗落
魄亦意中竟化枯肆魚滄溟方横流愧弗樵而
漁置身哀樂外庶幾老死徐頻年梗窮途淚積
河可瀦不知葬鵑血何方茁茹蘆得失原雞蟲
譬之綦與樗獨悔燕雀忙營巢甘拮据此行太
拙弄鑄錯奚補苴愁至無斷絶刀思借錕鋙與
君託心知聊復陳欷歔勿爲外人道徒惹纓絶
嗽昔別行色嚴方寸窘莫攄諾責償此詩非曰
貢瑶琚藉題一尺扇冀君懷袖儲耐久毋棄捐

情類漢媞好和也謹再拜並詢君起居霜菊瞬戒寒努力愼播璵

今夜

今夜欹吟枕高樓又冷些風嚴雄角語雨重瘦燈花漸老驚多病長貧恨有家秋蟲亂人意不睡盼嗁鴉

賦得親朋無一字八韻

豈不將書去而無惠我音未應眞決絶難道盡浮沈都有平生分期盟老死心別離猶各夢衰歇到如今縱或雲遷變何妨話淺深隨時仍盼

望幾處費沈吟他日梅誰寄秋風酒自斟若爲
酬一字還欲抵千金

蟻婚

方晨童聲譁蟻戰在晴墀何事微者蟲外忿中
弗餕孰陰伏而狙孰陽怒而駈我來壁上觀未
覺鬬志倍但見羣蟻旋蠢聚階石磥不辨千與
百作隊墨交彩依依塵土中其狀褻甚猥自餘
殊紛紜兩見熟視每以口欲問訊鬚舉想奉頻
氣或鍼芥投雙珠頻貫琲亦有寡合者往往止
受給身近輒引去形穢若恐涴猶復行勞勞眞

求未肯怠最老數十蟻頭股肉起蓄屹立常不移癡立意有待須臾解而散如罷戲傀儡居然同穴歸徐上高樹瘣若果蟻決戰胡然苟奏凱絕無野棄尸戮力死矛鎧並匙毫毛創同步行折骫我心相然疑良久笑而欸此實蟻婚耳曰戰謬無乃上世巢燧前已閱幾千載婚禮固未興獸行豈無羿羲媧兄妹說悖合誅以檑聖人師萬物有術陰主宰度與此蟻同葑菲聽自采事雖近草略怨耦乃寡悔既各私室家何至士遷賄中古設禮防妁氏列寮寀姬公書六官典

尙皇邃匯不禁中春會許暫贈蘭茝宰相貴近
情衢巷味調鼎後賢未深思道是莽歆改世近
禮愈嚴女賤自媒隗大節必踰山名教白日膗
惟聞南荒茁小年對蟠鬆柳圈金寶瑠衣羽競
璨璀跳月桃花天日罔卜子亥意得斯相從豔
歌當聘綵亦此蟻者流然有古風在我今賦蟻
婚讕言忽倒海倘與腐儒談語病索瘡瘤將無
責誨淫難破迂塊礧詎知蟻娛愁聊緩涕淚灌
吾且欲語蟻不見蛟蚪鯘取妻必生子防人持
作醞蟻乎汝非戰民今戰方殆

八月十五夜作

我道今夕月祇是尋常明下界何所愛而以佳節名比屋忙香花前席瓜果盈百拜齊當天如見常娥生吳娃妙梳洗鮮衣上街行叩門邀姊妹有地皆笑聲誰家好子弟打鼓還吹笙豔曲喧沸鼎巧與紅妝迎來往水中龍不夜疑春城大抵舉國狂亦自歡腸成秋涼逐殘暑稻熟病鬼平（今年諸郡邑皆歉於旱而婁田獨豐）小年各無事喜氣眉宇橫良時盛歌舞得意方爭鳴遂覺月十分此鄉如玉京我昔家青溪夫豈非人情每當今夕前

與客先課晴月下長橋時嘗泛扁舟輕不復羨舉燭風露良遊清如今一葉命九死魂餘驚依人等肬贅血淚從誰傾乞援故人書一字無報瓊薄暮彊命酒未飲神已醒努力差健飯擁劍欣呼羹蟛蜞雖不可食土人翦其螯之偏大者賣之味不減於蟹而食亦無毒衆中獨閉戶胸腹愁有兵不免意灰槁欲樂難支撐天憐此緒惡新雨來三更催起寒螿唬伴我吟孤檠

秋蝨

灼艾焚蓮計總非新涼燈火尚依依老將謝世

心逾毒熱慣因人口便肥坐待雙星投暗至夢回疏雨作聲飛翻憐團扇添餘寵已是捐時更一揮

秋蠅

何聞何見去來時窗紙重鑽事可知落木天寒將弔汝食瓜人散更干誰幾多沸鼎趨宜慎爾許斜陽戀亦癡作盡繁聲都惡劇長吟蟋蟀自忘飢

解嘲

豈寶柱下言而欲學守雌蓮宗重忍辱亦自非

吾師半生斷斷儒養氣尤自欺琴絃若動殺聲在長劍未馴夢捉之問卿何爲不男兒君不見仲孺屈意請蚡宴正平猶聞媚表詞其他忍淚事可知厠中胯下非難處只要饑寒失路時

蝗至

千里夏無雨江田未盡遲人猶期稻熟天又遣蝗知難緩神倉漕方增列竈師吳農竟何罪不在腐儒飢

庭前秋海棠甚盛五六月間傷於旱至九月初僅有三本作花者蝗墮地復蝕其

一詩以弔之

小草天都忌孤芳似此休秋先桐葉病蟲當稻花蠥漫儗春陰護纔知薄命愁尋常自開落已是幾生修

余所居樓後樹上多鳥鳴初甚憎之今熟矣誌慨

日長愁絕惟思夜夜枕纔眠汝喚醒只覺此聲都未惡可知人語不堪聽

重陽

三年四處過重陽前年在泰州去年在全椒日禺中時突有賊警急走二十

五里之北鄉其地已近滁州矣今年在松江身比南遷雁更忙貰酒從人說佳節看花何日歸故鄉樹雖如此春猶綠我欲不愁風太涼薄暮登樓望書信白雲秋草路茫茫

將去

不辭荊棘路吾意又天涯未煖羞移席常輸怯著綦去無餐菊處來是望梅時所得今何物吳中幾鬢絲

悲來

悲來難放酒顏紅長夜他鄉況雨風萬里音書

蠻府外方作書寄雲南學使吳和甫師一家燈火雁聲中身如孤注翻愁病事已空城不説窮極意周防秋冷後更停老淚作飄蓬

九月二十四日以妻女去松江將復移江北是夕宿青浦

飢鴉成隊又西征知有江淮幾日程來事但憑風定葉此鄉眞讓酒稱兵青浦西城之酒峻於松遠甚愈驚秋冷兼霜信欲問余愁在雨聲未用行更防暴客倘應瞋我舉家清吳淞江行舟近頻有盜警

舟中遇先祖慈忌日不能設祭感述

半年忍淚在人前寒雨吳淞又客船儻已知聞到泉下一時黃髮定悲憐

大風雨泊舟

風雨催天黑吳船早住橈村貧疏點火江飽怒推潮客意去方急秋陰寒更驕誰知此行苦妻女話中宵

次日風雨更甚舟不能發

何必兼風雨纔成行路難我應窮未至天更虐多端漸欲酒錢吝空江方晝寒置身無是處前望意漫漫

五人墓

一死終觽奄騎還只今埋骨萬花間墓旁皆莳花者所居

義風尚恐要離愧後有梁鴻葬此山

舟次夜飲

頭已三年白身幾萬里遊客心當此夜世味臢

孤舟風勁蟲遲語霜深水暗流寒燈倚尊酒寄

意送歸秋

秋蟪吟館詩鈔卷四終